마리오네트의 춤

마리오네트의 춤

이금이 장편소설

밤티

차례

봄이가 사라졌다

봄이가 결석한 지 나흘째다. 결석 첫날, 봄이와 봄이 엄마 모두 연락이 되지 않았다. 봄이네 집으로 전화를 할 때까지만 해도 나는 봄이가 무단결석을 할 아이라고는 꿈에도 생각하지 못했다. 병결이라면 집에서 먼저 연락이 왔을 테니 등굣길에 사고가 난 게 분명했다. 전화를 받은 가사 도우미라는 아주머니도 봄이가 학교에 갔다고 했다.

"봄이 담임인데 봄이 어머님 좀 바꿔 주세요."

"부부가 외국에 가셨는데요. 금요일에 돌아오신대요."

봄이 동생도 데려가서 그동안 봄이 혼자 집에 있는다고 했다. 그 말에 어리둥절해졌다가 제정신으로 돌아왔다. 기말고사가 코앞인 아이를 혼자 두고 여행을 가다니.

학년 초 학부모 회의 때 만난 봄이 엄마가 떠올랐다. 회의를 마치고 면담이 이어졌는데 차례가 된 봄이 엄마는 얼떨떨한 얼굴로 물었다.

"이제 고1인데 벌써부터 그렇게까지 해야 하나요?"

엄마들끼리의 대화에서 쏟아져 나왔을 정보들에 기가 눌린 듯했다. 고1 학년 초가 아니라 수시 지원 상담이라도 되는 것처럼 조급해하는 부모들을 상대하다 봄이 엄마를 보자 숨 돌릴 여유가 생겼다. 나중에 봄이와 면담할 때 물어보니 부모님이 닦달하는 편은 아니라고 했다.

"엄마 아빠가 저 믿는다고, 알아서 하래요. 그래서 그러려고요."

봄이와 함께 웃었던 것도 생각났다.

그런데 부모님이 집을 비우자마자 사고를 치는 걸 보면 봄이 부모님이 딸을 너무 믿었다. 나는 부재중 전화 기록이 남았을 텐데도 연락이 없는 봄이 엄마에게 봄이의 무단결석 상황을 알렸다. 여행 중에 미안했지만 아이만 혼자 둔 부모도 잘한 건 아니었다. 여행지가 어디인지, 여기와의 시차가 어떻게 되는지 몰라 문자와 메신저에 모두 남겨 놓았다. 하지만 봄이 엄마는 답 문자를 하지 않았고 메시지도 읽지 않았다.

나는 다시 봄이네 집으로 전화를 해 이것저것 물었다. 도우미 아주머니는 봄이가 밥을 먹고 옷을 갈아입은 흔적이 있다고 했다. 엄마가 사 두고 간 복숭아를 혼자 다 못 먹을 것 같으니 가져가라는 쪽지까지 남겼다고 했다.

"봄이 보시면 담임한테 꼭 연락하라고 전해 주세요."

내 부탁에 도우미 아주머니는 일주일에 두 번만 오는 데다, 봄이가 학교 간 다음에 와서 돌아오기 전에 가니 만날 일이 없다고 했다. 사실을 말하는 것일 텐데 꼬박꼬박 말대꾸하는 아이를 대할 때처럼 짜증이 났다. 나는 도우미 아주머니와 번호를 교환하고 전화를 끊었다.

올해는 생각지도 못했던 애가 뒤통수를 치고 있다. 재단 이사장과 인척 관계인 학년 부장은 내가 아이들을 느슨하게 풀어 줘서 1학기 기말고사를 앞두고 무단결석생이 생기는 거라며 못마땅해했다. 그러면서 봄이한테 혹시 무슨 일이 일어나도, 지난밤 야간 자율 학습까지 다 마치고 다른 아이들과 똑같이 하교를 했으니 학교는 책임이 없다고 선을 그었다. 결석생으로 인해 반 분위기가 흐트러지는 일이 없도록 철저하게 지도·감독하라면서, 학교는 방황하는 1인이 아니라 학교 이름을 빛내거나 적어도 더럽히지 않을 아이들을 위해 존재하는 곳임을 강조했다.

봄이는 다음 날도 오지 않았다. 나는 틈날 때마다 봄이와 봄이 엄마에게 연락을 해 봤지만 소용없었다. 그동안 파악한 봄이는, 성적은 그저 그랬지만 자기 주도적인 아이였고 부모님과의 관계도 원만했다. 그래서 주의를 기울여야 할 아이 명단에서도 빼놓았었다. 그런 아이인 만큼 부모님이 안 계신 틈을 탄 일시적인 일탈이 분명했다. 교사인 나도 가끔은 출근길에 어디론가 떠나고픈 충동이 드는데 아이들이야 오죽할까. 그렇더라도 결석일 수는 줄여 보고자 봄이와 친한 아이들과 개별 면담까지 했지만 아무런 소득이 없었다. 날마다 어울려 지내던 아이들이 봄이에 대해 아무것도 모른다는 사실이 미심쩍었지만 2주 뒤로 다가온 기말고사 때문이라고 이해했다. 오히려 봄이의 결석과 연루된 아이가 없는 것 같아 안심이 됐다. 그리고 나흘째가 되자 무소식이 희소식이란 생각이 들었다. 봄이에게 사고라도 났으면 연락이 왔을 테니까.

봄이 엄마와 통화를 한 건 5교시가 끝난 뒤였다. 봄이 엄마는 외국에 도착하자마자 휴대폰을 잃어버렸다고 했다. 집에 와서야 공기계 휴대폰으로 내 메시지를 보았단다. 공교롭게도 봄이가 무단결석한 시기에 맞춰서 휴대폰을 잃어버리다니. 이건 또 무슨 주말 연속극처럼 작위적인 상황인가.

봄이 엄마는 봄이가 나흘째 결석 중이란 사실을 믿지 못했다. 계속 학교에 다닌 흔적이 집 안 곳곳에 남아 있다고 했다. 당연히 학교를 빠진 애가 집에서 놀지는 않았을 거다. 부모들이란 아무리 이성적인 사람이라고 해도 자기 아이 일 앞에서는 판단력을 잃기 일쑤다. 13년 차 교사로서 알게 된 사실이다.

"그동안 봄이 아빠랑 동생 폰으로 톡도 자주 하고 영상 통화도 했는데 그런 기색이 전혀 없었거든요. 그리고 이번에 봄이도 데려가려고 했는데 학교 빠지면 안 된다고 혼자 남은 거예요. 그런 애가 무단결석이라니 말도 안 돼요. 혹시 학교에서 무슨 일이 있었던 건 아닌가요, 선생님?"

딸이 무단결석을 했다는 게 믿기지 않겠지. 그렇다고 해도 빌미를 제공한 사람이 학교 탓을 하다니 적반하장이 따로 없다. 이런 엄마들 때문에 학년 부장이 책임의 소재를 명확히 하려는 거다.

"그런 일 없었습니다, 어머니. 아무 일 없이 월요일 야자까지 다 하고 집에 갔기든요."

올해 우리 반은 다른 반들에 비해 야간 자율 학습 신청자가 많았다. 봄이도 그중 한 명이었다. 공부 분위기가 잡혔다며 다른 반 선생님들한테 부러움까지 샀다.

문제는 학교가 아니라 아이를 혼자 둔 부모님이라니까요. 그 말까지는 안 해도 알아들어야 하는 건데, 봄이 엄마는 반에서 봄이와 친한 아이가 누군지 물었다. 나는 혹시라도 봄이 엄마가 열심히 시험공부 중인 아이들을 귀찮게 할까 봐 이미 다 알아봤다고 말했다. 그리고 이번 봄이의 결석에 관해서는 아는 아이가 없음을 분명히 했다. 하지만 봄이 엄마는 받아들이지 못했다.

"어머님은 봄이가 그럴 리 없다고 생각하시지만 어디로 튈지 모르는 게 아이들이에요. 담임을 하다 보면 별의별 아이들을 다 봐요. 반에서 1등 하는 애도 어느 날 학교 오다 딴데로 새는 경우도 있어요."

교사로서 스스로에게 부끄럽지 않기 위해 차마 입 밖으로 꺼내지 못한 말이 속에서 웅웅거렸다.

'그러니 성적도 신통찮은 봄이 같은 애는 학교에 안 올 이유가 충분하지요.'

봄이 엄마는 한참 동안 같은 말을 반복하며 진을 빼 놓고서야 전화를 끊었다. 고1 엄마들은 주워들은 정보의 경중을 가리지 못한 채 수험생 엄마로서의 의지만 하늘을 찌를 때다. 그래서 아이가 야자나 학원을 한 번만 '째도' 인생을 망치는 지름길로 들어선 양 법석을 떨곤 한다. 봄이 엄마도 이번 일로 자식의 인생이 달라지면 어쩌나 걱정되겠지. 하지만 봄이의 현재 성적을 봐서는 이번 일탈이 2년 뒤 치르게 될 입시에 그다지 큰 영향을 끼칠 것 같지는 않다. 가끔, 아주 가끔 눈부신 도약을 하는 아이들이 있기도 하지만 대부분은 1학년 때 성적이 수능 때까지 이어지기 마련이다.

나는 오늘로 끝날 게 분명한 봄이의 결석을 가지고 그 애 엄마와 더는 소모전을 벌이고 싶지 않아 서둘러 통화를 끝냈다.

어떤 시간은 길기도, 짧기도 하다

6교시 시작종이 울리자 교무실과 복도가 조용해졌다. 수업 종을 핑계로 전화를 끊었지만 사실은 빈 시간이다. 그사이 대학 동기 은지에게 전화해 달라는 메시지가 와 있었다. 일찍 결혼해 벌써 초등학교 3학년짜리 아들을 둔 친구다. 오래간만에 친구와 수다를 떨면 스트레스가 좀 풀릴 것 같아 전화를 걸었다.

"잘 지냈어? 무슨 일 있어?"

"너, 소연이 소식 들었어?"

은지가 다짜고짜 물었다.

소연이란 이름은 지난 7년 동안 내 앞에서 금기처럼 여겨지던 단어였다. 그 이름이 거침없이 불리는 걸 보니 큰일이 생긴 게 틀림없다. 7년이면 무슨 일이라도 일어날 만한 기간이다. 또 어떤 감정이라도 누그러들고, 어떤 상처라도 아물 만한 시간이기도 하다. 그런데도 내 목소리는 뾰족해졌다.

"내가 걔 소식을 어디서 들어?"

소연과 연락을 끊은 지도 7년째다. 처음 기세와는 달리 잠시 망설이던 은지가 조심스레 말했다.

"너, 놀라지 말고 들어. 소연이 재혼한댄다."

소연에게 자존심을 지키는 길은 그 애 이야기를 최대한 의연하게 받아들이는 거다.

"하여간 재주도 좋아. 남은 한 번도 못 하는 결혼을 두 번씩이나 하고. 너한테 연락했디?"

내 말투에 야유와 조롱이 가득 찼다고 해도 그건 순전히 소연이 제 탓이다.

"며칠 전에 전화가 왔어. 다음 주 일요일에 한대."

"너, 갈 거야?"

내 질문에 난감해하는 은지의 모습이 보이는 듯했다. 나는 은지, 소연과 대학 1학년 때 만나 삼총사처럼 붙어다니다 은지가 결혼한 뒤로는 소연과 단짝이 됐다. 물론 그 일이 있기 전까지다.

"글쎄, 소연이 소행 생각하면 괘씸하지만 안 가는 것도 그렇잖아."

은지에게는 나나 소연이나 같은 비중의 친구라는 사실이 서운했지만 내색하는 것조차 자존심 상했다.

"나보고 같이 가자느니 하는 말은 하지 마라. 대신 축의금은 전달해 줘."

첫 결혼 때는 축의금도 보내지 않았다. 잠시의 침묵 뒤에 은지 목소리가 들려왔다.

"그런데…… 영준 씨랑 한대."

순간 숨이 턱 막히는 것 같았다. 영준은 초혼이었다. 그 뒤 어떻게 전화를 끊었는지 모르겠다.

가슴이 동굴처럼 텅 비었다가, 그 가슴속에 강렬한 회오리바람 같은 것이 휘몰아치기 시작했다. 7년간 가슴 밑바닥에 눌러두었던 기억을 풀어헤치기까지는 7초도 채 걸리지 않았다.

사정없이 솟구쳐 오르려는 기억들과 사투를 벌이다가 밤

을 맞기까지 다시 7년은 지난 것 같았다. 집에서 혼자 그 감정들과 씨름하느니 야자 감독으로 학교에 있는 게 다행이었다.

학년 부장 책상 위에서 전화벨이 울렸다. 교무실엔 나 혼자였다. 아무하고도 상대하고 싶지 않아 버텼지만 전화벨은 나보다 끈질겼다. 전화를 건 사람은 봄이 엄마였다. 봄이 엄마는 나란 것을 알자 다짜고짜 물었다.

"선생님, 혹시 우리 봄이가 학교에서 왕따 같은 거 당하고 있는 건 아닌가요?"

그사이 온갖 상상을 다 한 모양이다. 나는 자기 아이의 문제를 모두 남 탓으로 돌리는 부모들에게 물릴 대로 물렸다.

"곰곰이 생각해 보니까 애가 집에 와서 친구 얘기를 거의 안 했던 거 같아요."

고등학생씩이나 돼 집에다 친구 이야기를 미주알고주알 늘어놓는 아이는 왕따가 아니더라도 없을 거다. 나는 침묵함으로써 봄이 엄마의 추측에 호응하지 않았다.

"아이들이 우리 봄이를 왕따 시킨 거 맞죠?"

확신에 찬 말투에 정신이 번쩍 들었다. 어리바리하게 굴다가는 다 담임 잘못으로 덤터기를 쓰는 수가 있다. 그제야 나는 단호하게 대꾸했다.

"왕따라니요. 절대로 그런 일 없습니다, 어머니. 오히려 봄이는 아이들한테 인기가 좋은 편이에요."

그 말은 사실이었다. 나는 봄이가 아이들에게 둘러싸여 수다 떠는 모습을 종종 보았다. 지나치다 얼핏 들은 내용으로 미루어 그렇고 그런 로맨스 소설이나 영화 이야기를 하는 것 같았다. 이야기를 맛깔나게 하는 재주가 있는 모양이었다. 나는 봄이가 아이들과 잘 어울리는 것을 늘 다행스럽게 여겼다.

"그러니까요. 우리 애가 성격도 좋고 배려심도 많고 해서 누구하고나 잘 지내거든요. 그런데 그런 친구가 며칠씩 결석을 하는데, 그 이유를 아는 아이가 한 명도 없다는 게 이상하잖아요."

봄이 엄마가 자기 딸한테는 아무런 문제가 없는데 담임이나 반 아이들이 문제라고 말하는 것 같아 기분이 상했다. 부모가 놀러 간 사이에 저질러진 무단결석에 애를 끓이고, 학년 부장에게 들볶이고, 아이들과 면담하느라 씨름한 나는 저절로 목소리가 까칠해졌다.

"제가 이미 다 알아봤는데 학교에서는 아무 문제가 없었어요."

남자 친구는 있느냐고 물어보려다가 말았다. 학년 초의 기억이 떠올라서였다.

봄이도 경쟁하듯 줄여 입은 교복의 유행을 따르고 있었다. 다른 게 있다면 꽉 끼는 교복이 일부러 줄인 게 아니라 시중에서 판매하는 교복 중 가장 큰 치수라는 사실이다.

"제 치수에 맞게 따로 맞췄는데 다음 주에나 나온대요."

봄이는 아무렇지 않은 표정으로 말했다. 봄이에 대해서는 크게 걱정할 것 없겠다고 생각한 건 그때였다. 외모에 예민한 시기인지라 과체중은 당사자의 자존감을 떨어뜨리는 경우가 많다. 또 본인은 괜찮을지 몰라도 따돌림을 당하는 원인이 되기도 한다. 그런데 봄이는 두 가지 경우 다 해당되지 않았다. 그렇더라도 남자 친구가 있을 것 같지는 않았다. 나는 봄이 엄마에게 묻는 대신 한숨을 쉬었다.

그때 함께 야자 감독 중인 송 선생이 들어왔다. 때맞게 와줘서 다행이었다. 나는 봄이 엄마가 무슨 말인가 하려는 걸 잘랐다.

"어머니, 저 야자 감독하러 가 봐야 해서요. 봄이 집에 오면 직접 물어보세요. 아마 시간 맞춰서 아무 일도 없던 것처럼 들어갈 거예요."

단언하며 전화를 끊는 순간, 실은 그동안 찜찜함을 애써 외면하고 있었다는 사실을 깨달았다. 아무리 시험을 앞두었다고 해도 봄이의 결석에 관해 안다는 애가 하나도 없는 건 정말 이상한 일이었다.

그거다! 불현듯 떠오른 생각에 나는 벌떡 일어섰다. 이것들이 지금 한통속인 거다. 그사이 녀석들은, 집에는 시험공부를 하러 간다고 말하고 봄이를 만났을지 모른다. 과외를 핑계로 야자를 빼먹고 어울렸을 수도 있다. 아프다고 조퇴한 놈도 의심스럽다.

이것들이 나를 감쪽같이 속이고! 나는 야자 감독의 본분을 잠시 잊은 채 우리 반으로 달려가 문을 열어젖혔다.

가슴속에 떨어진 물방울 하나

교실엔 평소보다 많은 아이들이 자리를 지키고 있었다. 그 아이들 눈이 내게로 쏠렸다. 방어할 새 없이 단숨에 기선을 제압해야 한다.

"너희들, 봄이 학교 빠지고 어디서 뭐 하는지 알고 있지? 좋게 말할 때 이실직고들 해."

나는 목소리에 힘을 잔뜩 주었다. 순간, 교실에 에어컨 바람과는 다른 싸한 냉기가 흘렀다. 그리고 그 냉기의 입자들이 단단히 뭉쳐 아이들과 나 사이를 벽처럼 가로막는 게 느껴졌다. 직감대로 한통속이 돼 시치미를 떼고 있었던 거다.

"이것들아, 난 너희들 머리 꼭대기에 있어! 너희들, 뭐 감춰 주고 하는 게 우정인 줄 착각하고 있는데 아니거든. 아는 거 있으면 순순히 말해라. 김다예, 네가 말해 봐."

나는 봄이의 짝인 다예를 지목했다.

"진짜 몰라요. 지난번에도 말씀드렸잖아요."

다예가 큰 눈을 깜빡이며 상냥한 목소리로 대꾸했다. 저 얼굴에 저런 목소리로 말하는 다예의 이야기는 모두 진실일 것만 같다.

나는 회장인 송주에게로 시선을 돌렸다.

"회장, 너한텐 무슨 말 없었어?"

"네, 아무 말 못 들었어요. 죄송합니다."

송주가 회장의 책무를 다하지 못한 걸 자책하는 얼굴로 말했다. 송주는 열일곱 살이 아니라 스물일곱 살이라도 되는 것처럼 항상 의젓한 모습이다.

"신가영! 너, 어제 병원 갔던 거 맞아?"

"오늘, 진단서 냈잖아요."

가영이는 왜 딴소리냐는 불만스러운 표정을 노골적으로 드러냈다.

"윤서연, 그저께 왜 야자 빠졌어?"

"수요일마다 과외받는다고 했는데요."

아이들은 꿈쩍도 하지 않았다. 봄이와 아이들의 관계가 이 정도로 끈끈한 줄은 몰랐다.

나는 방법을 바꿨다. 제아무리 단단히 짰다고 해도 아직 나이가 어리니 마음을 건드리면 한둘쯤은 걸리는 놈이 있을 거다.

"너희들, 같은 반 친구한테 어떻게 이렇게 무심할 수가 있어? 친구가 며칠째 결석을 하고 있는데 걱정도 안 돼? 솔직히 나 몰라라 하고 있어서 그렇지 조금만 신경 쓰면 봄이하고 연락할 수 있잖아. 공부도 중요하지만……."

"쌤이 지난번에 봄이 결석에 동요하지 말라고 하셨잖아요. 그래서 저희, 열심히 공부하고 있는데요."

전교 1, 2등을 하면서 우리 반 평균을 올려 주고 있는 혜나가 까칠한 말투로 내 말을 잘랐다. 당돌하긴 해도 틀린 말은 아니어서 잠시 멈칫하는데 미나가 어리광 부리는 투로 분위기를 누그러뜨렸다.

"쌔앰, 결석한 건 봄이인데 왜 저희를 혼내고 그러세요. 봄이한테 계속 연락 중이니까 답장 오면 말씀드릴게요."

혜나와 미나는 1학년 전체에서 예쁜 걸로 손꼽힌다. 개인주의적인 성향이 강하고 고지식하며 까칠한 혜나와 달리, 미나는 성적은 좀 뒤처져도 융통성과 인간미가 있다. 봄이와 가깝게 지내는 것만 봐도 알 수 있다.

그래. 열심히 공부하고 있는 애들한테 지금 무슨 짓을 하고 있는 거지. 진짜 캐 볼 대상은 야자를 안 하는 애들이다. 소연이 소식 때문에 정신이 나간 거다. 나는 정신을 추슬렀다.

"아무튼 봄이에 대해서 뭐 감춰 주고 있다가 걸리면 알아서들 해."

나는 담임으로서의 권위를 내세우는 경고를 남기고 돌아섰다. 교실 문을 여는 순간 장마를 예고하는 눅눅한 열기가 온몸에 끼쳐 들었다. 교실로 달려올 때는 느끼지 못했던 열기였다.

"전슬기, 오늘 왜 저러냐?"

"냅둬. 전 남친한테 청첩장이라도 받았나 보지."

문을 채 닫기도 전에 들려온 소리에 나는 쓴웃음을 짓고 말았다. 내 얼굴에 쓰여 있었나?

은지한테 걸려 온 전화는 내 전 약혼자가 내 전 친구와 결혼한다는 소식이었다. 오랫동안 나를 괴롭혔던 분노, 원망, 질투, 고통 등을 꽁꽁 가둬 둔 상자 뚜껑이 다시 열릴까 봐 얼른 생각을 다른 데로 옮겼다. 나는 지금 물속처럼 고요하게 가라앉은 학교 복도를 걷고 있다. 내가 학교를 가장 좋아할 때는 지금처럼 아이들이 없는 듯이 조용하거나 아예 없을 때다. 이런 고즈넉한 시간이 있어, 아이들이 악머구리 떼처럼 떠들어 대는 걸 견디는지 모른다.

1학년 교실이 있는 2층과 3층을 한 바퀴 돌고 교무실로 돌아오니 세상의 습기를 모두 빨아들인 것처럼 몸이 무거웠다. 젖은 빨래 같은 몸을 의자에 걸치는데 책상 위에 놓인 캔 음료가 보였다. 방금 자판기에서 꺼낸 듯 물기가 맺혀 있었다. 캔에서 흘러내린 물방울 하나가 내 가슴에 퐁당, 하고 떨어졌다. 지옥 구덩이 같은 가슴속에서 이렇게 맑은 여운을 남기는 소리가 날 수 있다는 게 신기했다. 그런데 가슴속에 떨어진 물방울이 작은 파문을 일으켰다.

나는 송 선생 자리를 돌아다봤다. 무언가에 열중해 있는 뒷모습이 눈에 들어왔다. 작년에 부임한 그는 미혼인 여교사들에게 인기가 많았다. 나는 여덟 살이나 어린 송 선생을 바라보는 일 자체만으로도 눈이 부셔 애써 관심을 두지 않았다. 그런데 내 가슴이, 그가 처음 교무실에 들어서는 순간 느꼈던 설렘을 기억하고 있다가 캔 음료 하나에 떨리기 시작한 거다. 하지만 나는 곧 음료수에 동료로서 건넨 호의 이상의 의미는 부여하지 않기로 했다. 영준과 소연의 결혼 소식만으로도 이미 너무 비참한 상태였다.

송 선생의 의례적인 호의에 부합하는 무심한 마음을 가지려 애쓰며 캔을 집어 드는데 집게로 집은 A4 용지 묶음이 눈에 들어왔다. 수행평가 과제물 마감일은 어제였다. 아마 늦게 걷은 반에서 나 없는 사이 갖다 놓은 모양이다. 그럼 음료수도 애들이 놓고 간 건가 보네. 두근거림이 실망으로 바뀌었다. 너무 선명한 감정이어서 그 마음을 누가 들여다보기라도 했을까 봐 귓불이 화끈거렸다. 나는 얼른 과제물로 관심을 돌렸다.

'그래. 잔소리하기도 귀찮은데 없을 때 갖다 놓길 잘했네.'

원래는 오늘 야자 감독하면서 볼 계획이었지만 지금은 전혀 그럴 기분이 아니었다. 나는 과제물 파일에 넣어 두기 위해 A4 용지 묶음을 집어 들었다. 그런데 '10309'라는 숫자가 눈에 들어왔다. 1학년 3반이면 우리 반이고 9번이면 모혜나다. 담임한테 잔소리 듣는 시간까지도 아까워하는 아이니

점수에 들어가는 수행평가 과제물도 당연히 제때 냈다. 1점에도 예민한 아이라 먼저 낸 과제가 마음에 안 들어 다시 했나 싶어 들여다보았다.

10309

그 애가 사라졌다.

첫 문장은 그렇게 시작됐다. 수행평가 과제물이 아니었다. 이번 국어 과제는 '내 인생의 롤 모델로 삼고 싶은 인물에 대한 가상 인터뷰 10제'였다. 누구를 롤 모델로 삼았는지 궁금해 받자마자 우리 반 과제물만 훑어봐서 혜나 것도 기억났다. 의대를 목표로 하고 있는 아이답게 우리나라 최초의 여의사 김정동이 인터뷰이였다.

그런데 난데없이 '그 애가 사라졌다.'로 시작하다니. 그 애가 누군데 사라졌다는 거야, 하다가 얼굴 하나가 퍼뜩 떠올랐다. 혹시 이봄? 혜나는 봄이에 관해 무언가 알고 있는 걸까? 다른 아이들 앞에서 말하면 눈총을 받을까 봐 이렇게 글로 쓴 걸까? 다음 문장이 바로 눈에 들어왔다.

하마 같은 덩치가 사라지자 교실이 훤해진 것 같다.

내 추측은 확신으로 바뀌었다. 우리 반에서 하마 같은 덩치라는 표현과 어울리는 아이는 봄이밖에 없다. 혜나는 봄이 때문에 반 분위기가 흐트러지는 것도, 담임한테 잔소리를 듣는 것도 싫었을 거다. 이미 써 놓고 망설이다가 조금 전 내가 한 말 때문에 열받아서 갖다 놓은 게 분명하다. 나는 궁금함과 긴장감을 동시에 느끼며 다음을 읽기 시작했다.

그뿐만 아니라 저녁마다 늘어놓던 허풍 떠는 소리를 듣지 않아도 돼 속이 다 시원하다. 주제에 남친이라니. 황당한 로맨스 웹소설 같은 그 애의 연애담을 사실이라고 믿는 아이는 하나도 없다. 체육 시간에 볼과 배와 엉덩이 살을 출렁거리며 달리는 모습을 한 번이라도 봤다면 절대로 그 애 말을 믿을 수 없을 거다.

간혹 귀엽다거나 착하다거나 하는 식으로 한껏 잘 봐주는 아이도 있지만 그런 아이는 칭찬할 것 없는 반 아이한테 동정을 베풀면서 자기만족을 느끼는 오지라퍼일 뿐이다. 그 애한테 대학생, 그것도 잘생긴 남자 친구가 있다는 게 말이나 되는 이야기일까. 재벌 딸이라면 혹시 몰라도 말이다. 아니, 그것도 결혼할 나이에나 가능한 일일 거다.

그 애는 지금쯤 남친이 아니라, 자기 같은 찌질이 친구들과 어울려 노래방이나 피시방을 전전하고 있을 게 분명하다.

첫 장이 끝났다. 혜나의 까칠하고 냉소적인 목소리가 들리는 듯해 웃음이 나왔다. '그 애'가 봄이인 게 맞는다면, 결석하고 남자 친구와 놀러 간다고 했나 보다. 아이들이 결사적으로 그 사실을 감춰 주는 상황에서 아무리 혜나라도 공개적으로 밝히기는 쉽지 않았을 거다. 똑똑한 애답게 봄이의 'ㅂ' 자도 꺼내지 않으면서 하고 싶은 말을 다 써 놓았다.

그런데 남자 친구까지는 몰라도 잘생긴 대학생이라니. 허풍이 과했다. 의대에 가기 위해 1분 1초를 아끼며 공부하는 혜나가 얼마나 어처구니없고 짜증이 났으면 시험을 앞두고 이런 글을 다 썼을까. 나는 혜나의 심정을 이해하며 뒷장을 보았다.

이번엔 '10324'라는 숫자가 쓰여 있었다. 어라? 혜나 혼자 쓴 게 아닌가 보네. 24번이면 임경서다. 경서는 큼직큼직한 골격과 허스키한 목소리 때문에 중성적인 매력이 있는 아이였다. 회장 송주와는 또 다른 카리스마가 있는 경서를 좋아하는 애들도 많았다.

경서가 쓴 글에는 봄이라는 이름이 직접적으로 등장했다. 이상했다. 과제를 하는 것도 징징거리는 아이들이 누가 시키지도 않은 글을 자발적으로 쓰다니. 봄이를 주인공으로 해서 릴레이 소설이라도 쓴 걸까. 시험이 얼마나 남았다고 이 짓들인지 모르겠지만 봄이가 등장하는 정체를 알 수 없는 글은 나를 강하게 끌어당겼다.

10324

우리가 봄이의 남자 친구 이야기를 처음 들은 건 입학한 뒤 열흘 만에 간 수련회에서였다.

"우리 학교, 미친 거 아냐? 입학한 지 열흘 만에 수련회를 가는 게 말이 돼?"

누군가의 투덜거림처럼, 아직은 서로 아는 것도 모르는 것도 아닌 상태의 아이들과 2박 3일을 함께 지내는 건 상상만 해도 너무 어색했다. 하지만 그 2박 3일이 앞으로 1년간, 어쩌면 3년 내내 영향을 끼칠 수도 있다는 걸 우리는 잘 알고 있었다. 1년 동안 함께 화장실엘 가고 밥 먹을 친구를 만들어야 하는 시간인 거다. 아무 무리에도 끼지 못하면 남은 시간을 왕따로 비치며 지내야 한다는 뜻이다. 우리는 왕따가 되는 것보다 왕따로 보이는 게 더 무서웠다. 같은 중학교에서 올라온 친구가 있는 아이들은 세상에 둘도 없는 사이인 양 붙어 다녔다. 나머지 아이들은 그런 친구라도 있는 아이를 부러워했다.

오리엔테이션 같은 이번 수련회는 중학생 때 갔던 구르고 달리고 기어오르는 수련회보다는 몸이 덜 힘들었다. 하지만 대학 입시 설명회 같은 분위기는 우리가 지옥문 안으로 들어섰음을 선포하는 것 같았다.

번호순에 따라 네 개 조로 나뉘어 방을 썼다. 우리 반은 27명이라 제비뽑기를 해서 3조는 6명, 나머지 조는 7명이 되었다. 나는 4조였다. 우리는 누구 할 것 없이 '인맥 만들기'라는 목적을 달성하기 위해 신경을 곤두세웠다. 하룻밤을 지내고 나자 서서히 라인이 형성되기 시작했고 둘째 날은 첫째 날에 비해 둘이나 셋씩 몰려다니는 아이들이 눈에 띄게 늘어났다.

둘째 날 밤, 장기 자랑 대회를 마치고 온 우리 방은 옷을 갈아입느라 한바탕 소란스러웠다. 잠자리에 들 때쯤 나는 존재감을 확고하게 할 계획을 실행에 옮겼다.

"이제 본격적으로 고생문이 시작되는데 그냥 자기 억울하지 않냐? 수련회다운 추억을 만들고 가야지."

나는 가방에서 소주가 담긴 생수병을 꺼냈다. 아이들은 내 깡이 놀랍다는 눈초리로 바라봤다. 혹시 걸려서 벌점을 받을까 봐 못마땅한 애들도 있었겠지만 내색은 하지 않았다. 아직 감정을 그대로 드러내도 좋을 만큼 서로를 파악한 건 아니었기 때문이다.

종이컵에 술을 조금씩 따라 돌렸지만 마시라고 강요하진 않았다. 그것만으로도 내 존재를 각인시키기에 충분했다. 보란 듯이 술 한 잔을 원샷한 나는 수련회의 마지막 밤을 주도했다.

"서로 알아 가자는 의미에서 진실 게임 어때? 하기 싫은 사람은 그냥 자도 돼."

이 상황에서 싫다거나 먼저 자겠다고 하는 건 앞으로 투명 인간 취급해 달라고 선포하는 거나 마찬가지다. 몇몇 아이들이 게임에 걸려 맛보기에 불과한 질문을 받고 의례적인 수준의 대답을 했다. 속내를 털어놓기에는 아직 서먹한 사이인지라 진실 게임을 해도 분위기는 썰렁했다.

그러다 걸린 아이가 봄이였다. 그 애와 친해지고 싶은 아이는 아마 없었을 거다. 봄이 같은 아이는 죽을힘을 다해도 주목받는 인생이 될 수 없다. 최고로 잘돼 봐야 드라마에서 주인공 옆에 껌딱지처럼 붙어 다니며 주인공의 미모를 빛나게 해 주는 코믹 캐릭터 정도다. 드라마 주인공처럼 뛰어난 미모라면 모를까 평균치인 우리에게 봄이는, 우리들의 용모를 하향 평준화나 시킬 뿐 도움 될 게 없다. 그런 만큼 봄이의 진실에 관심 있는 아이는 없는 듯했다.

"첫 키스는 언제?"

먼저 걸렸던 아이가 물었다. 궁금해서라기보다는 '네가 키스는 해 봤겠냐?' 라는 투였다.

"작년 크리스마스이브."

거침없는 대답은 분명히 봄이 입에서 나온 거였다.

예상을 깬 봄이의 대답은 느른하던 방 안 공기를 단숨에 바꿔 놓았다. 처지는 눈꺼풀을 애써 들어 올리던 아이는 눈을 번쩍 떴고, 벽에 기대앉아 하품을 참고 있던 아이는 몸을 곧추세웠다.

"정말?"

"누구랑?"

"어디서?"

이 애, 저 애 입에서 질문이 튀어나왔다. 맥 빠지던 분위기가 한순간에 달아오르자 게임을 주도했던 나도 덩달아 신이 났다.

"남자 친구랑 카를 다리에서."

봄이의 얼굴에 미소가 가득했다.

"남자 친구?"

"너, 남친 있어?"

질문하는 아이뿐 아니라 다들 도저히 믿을 수 없다는 표정이었다. 물론 나도 마찬가지였다. 봄이가 대답할 새도 없이 또 다른 애가 끼어들어 물었다.

"카를 다리? 그게 뭔데?"

"정말 남친 있어?"

"있으니까 키스를 했지. 아니면 누구랑 했겠어?"

봄이는 천연덕스레 되물었다.

"진짜?"

"그렇다니까."

"카를 다리가 뭐냐고!"

"프라하에 있는 다리야."

프라하가 체코의 수도라는 것쯤은 모두 알고 있었다. 하지만 봄이 입에서 나온 프라하는 외계에 있는 낯선 곳처럼 여겨졌다. 누군가 다시 물었다.

"프라하? 체코 수도?"

"그래, 맞아. 그리고 카프카가 태어난 곳."

"「변신」 쓴 카프카?"

"응. 너도 읽었어?"

봄이가 반색을 하며 물었다. 아는 체했던 아이는 머쓱한 표정으로 제목만 안다고 했고 다른 아이가 대꾸했다.

"주인공이 벌레로 변하는 이야기잖아. 독서 논술 시간에 읽었는데 완전 짜증 나는 스토리야."

"나는 재밌었는데……. 카프카는 가장 좋아하는 작가야."

카프카의 이름을 말할 때 봄이의 표정은 연인에 대해 말하는 것처럼 환했다.

"카프칸지 스카픈지는 됐고, 그 다리, 혹시 이민혁 광고에 나오는 다리야?"

나는 TV 광고가 문득 생각나서 물었다.

"응, 거기 맞아."

아이들은 그 덕분에 프라하의 카를 다리를 머릿속에 그릴 수 있었다.

"그 다리에서 고백받고 처음으로 키스했어."

방 안엔 한동안 정적이 흘렀다. 그 이야기를 어떻게 받아들여야 할지 당황스러운 기색들이었다.

작년이라면 중학생 땐데 겨우 중딩이 한강 다리도 아니고, 프라하에 있다는 다리에서 크리스마스이브에 고백을 받고 키스를 하다니. 더구나 봄이가, 봄이 같은 애가! 누군가 봄이를 보며 웃음을 터뜨렸다. 그게 신호가 돼 나머지 아이들도 봄이가 '속았지롱!' 하기 전에 먼저 알아차렸음을 드러내려고 과장되게 웃었다. 하지만 봄이 입에서는 농담이었다는 말이 나오지 않았다. 오히려 웃어 대는 우리를 이상하다는 듯이 바라보았다.

봄이 같은 애한테 고백을 하고 키스까지 하다니. 어떻게 그럴 수가 있지? 그게 사실이라면 상대는 영원히 변하지 않을 개구리나 야수일 거다. 아니, 개구리나 야수가 아니라 애벌레라고 해도 그럴 수는 없다. 봄이가 우리 관심을 끌려고 뻥치고 있는 거다. 하지만 번지수를 잘못 짚었다. 아이들은 그렇게 호락호락하거나 너그러운 존재들이 아니다.

"혹시 네 남친, 외국 사람이냐?"

한 아이가 한껏 봐준다는 목소리로 물었다.

미적 기준이 다른 외국인이라면 그럴 수도 있겠다. 그 외국 사람이 금발 머리 훈남이라면 더 짜증 나지만 믿어 줄 수는 있다.

"아니, 오빠는 한국 사람인데."

"오빠? 몇 살이야?"

"스무 살."

"뭐? 스무 살?"

"그럼 지금 대딩이란 말이야?"

"응. 1학년이야."

"어느 학굔데?"

"한영대학교 경제학과."

'인서울'이면 다 서울대라는 우스갯말도 있지만 한영대는 그 중에서도 상위 그룹에 속하는 학교다. 아이들은 어이없다는 표정으로 서로를 보았다.

"뻥까고 있네."

우리 중 한 명이 나머지 아이들의 마음을 대표해서 말했다. 우리 모두 처음부터 하고 싶었던 말이기도 했다. 만약에 그게 사실이라면 그 남자는 변태거나, 무슨 문제가 있거나, 아무튼 멀쩡한 사람은 아닐 거다.

"진짠데. 그런 거짓말을 왜 해?"

봄이가 어이없다는 얼굴로 반문했다.

"그럼 조건 만남이냐?"

"그거 불법 아냐?"

"조건 만남을 무슨 재랑 하냐?"

"증거 있으면 보여 줘 봐."

내가 말했다. 아까부터 말하고 싶던 거였다.

"증거? 내가 왜 증거를 대야 하는데?"

봄이의 표정이 까칠해졌다. 그 말에 말문이 막혔지만 봄이가 거짓말을 하고 있다는 확신이 굳어졌다.

"믿을 수 있는 말을 해야지."

그 말에 한숨을 내쉰 봄이가 아이들을 둘러보았다.

"오빠 사진 보여 주면 돼?"

우리는 앞다퉈 봄이의 휴대폰으로 머리를 들이밀었다. 한눈에도 훈남인 남자가 싱그러운 미소를 짓고 있었다.

대학생에다 이렇게 잘생기기까지 한 오빠가, 왜, 어째서 (우리도 아니고) 봄이 같은 애를! 우리 여섯 명의 배는 한 사람인 것처럼 동시에 아팠다. 심지어 원래는 자신의 애인이었던 남자를 봄이에게 뺏긴 기분이었다. 더해서 나는, 백배는 나은 내가 일찌감치 포기한 일상의 행운-남친, 데이트, 키스 등등-을 누리면서도 당연한 일인 것처럼 구는 봄이에게 질투를 넘어 강한 분노를 느꼈다.

걸걸한 목소리와 떡 벌어진 어깨, 큰 키를 가진 나 또한 예쁘다거나 남자들이 좋아할 법하다고 정해 놓은 세상의 미적 기준과는 동떨어져 있다. 그래서 나는 여성성이라곤 개나 줘 버린 애처럼 굴고, 나를 보는 남들의 시선에 맞춰 센 척, 강한 척하며 산다. 레이스 달린 손수건 취향 같은 건 가방 속에 꼭꼭 감춰 둔 채 말이다.

가방에서 무언가를 꺼내다 딸려 나와 떨어진 손수건을 하필 봄이가 주워 줬던 게 떠올랐다. 그땐 봄이라서 신경이 덜 쓰였었는데…….

경서의 글은 거기서 끝이 났다. 나는 한동안 멍했다. 내가 읽고 있는 내용이 사실인지 허구인지 혼란스러웠다. 경서가 마음속에 그런 생각을 품고 있다니 뜻밖이었다가, 경서의 내면을 제대로 알아봐 주는 사람이 영영 없으면 어쩌지, 걱정됐다가 경서의 솜씨라기엔 지나치게 잘 쓴 글 때문에 사실인지 의문이 들었다. 뒤죽박죽된 생각 속에서 뭔가 빼앗긴 것 같은 아이들의 억울한 기분만은 충분히 이해할 수 있었다.

7년 전, 나는 친구에게 약혼자를 빼앗겼다. 데이트하는 자리에 걸핏하면 소연을 불러냈던 건 그만큼 친해서이기도 했지만 그 애보다 내가 더 예쁘다는 자신감 때문이었다. 그런데 내 약혼자인 영준은 소연에게로 갔다. 그 계집애가 먼저 꾀었거나 무슨 술수를 부렸을 거다. 그렇지 않고서는 일어날 수 없는 일이었다. 약혼자와 친구를 동시에 잃은 나는 그 뒤론 남자를 사귀지 않았다.

잘못된 만남답게 그들은 얼마 뒤 헤어졌고 소연은 다른 남자와 결혼했다. 나는 그 생각을 파내고 싶어 하면서도 가끔은 영준이 용서를 빌며 다시 내게 오는 상상을 하곤 했다. 하지만 그런 일은 일어나지 않았고, 나는 엄마의 성화로 결혼 정보 회사에 등록해서 주말이면 소개팅하러 다니는 처지가 됐다.

소개팅을 하면서 나는 내가 교사라는 직업 외엔 따로 내세울 게 없다는 사실을 깨달았다. 37세라는 내 나이에 걸맞은 소개팅남들은 외모와 배경, 직장까지 평범한 사람들이었다. 간혹 조건이나 외모가 괜찮으면 내 연봉이나 연금 액수를 더 궁금해했고, 더러는 '돌싱'도 있었다. 결혼 시장은 사람의 감정까지도 철저하게 등가교환으로 환산하는 씁쓸한 곳이었다. 그 시장에서 내 가치는 나이와 반비례로 떨어지고 있는 중이다.

내가 영준보다 괜찮은 남자를 만나기 위해 돈과 시간을

쓰고 있는 사이 그들은 여전히 역사를 쌓아 결혼까지 한다. 처음에 눈이 맞았다는 걸 알았을 때보다 더 충격이었다. 그들은 이제 약혼녀와 친구를 배신한 추잡한 치정마저 지고한 순정으로 칭송받게 됐다. 그 사실이 분하고 억울해 쥐어진 주먹이 부르르 떨렸다.

내가 지금 뭐 하는 거야. 나는 화들짝 놀라 생각에서 빠져나왔다. 7년 전 일 따위로 다시 흔들리고 싶지 않았다. 나는 얼른 그 자리에 봄이를 들이밀었다. 여고생과 대학생이라니. 위험하기 짝이 없는 조합이다. 한쪽은 감수성이 넘쳐흐를 때고 한쪽은 자유가 넘쳐날 때다. 게다가 봄이 나이 때는 아주 약한 유혹에도 흔들리기 십상이다. 하지만 이 글이 사실일 리는 없으니 이 또한 괜한 노파심일 수 있다.

나는 다음 장을 보았다. 10323, 이수지. 이 애야말로 봄이 엄마가 걱정하는 따돌림 경험이 있는 애다. 중학교에서 올라온 생활 기록부에 집단 따돌림을 당한 기록이 있어 신경을 썼다. 하지만 1학기가 거의 끝나 가는 지금까지 별다른 문제가 없어 다행이라고 여기는 중이었다.

✦ 10323

"언제 어디서 어떻게 만났는데?"

휴대폰 속 훈남 대학생이 봄이 남자 친구라는 사실을 도저히 받아들일 수 없다는 듯 아이들이 캐묻기 시작했다. 마치 용의자를 취조하는 수사관 같았다.

"초등학생 때 같은 피아노 학원에 다녔어. 피아노 경연 대회에 함께 나가면서 친해졌고."

"너, 그렇게 피아노를 잘 쳐?"

누군가 의혹에 찬 시선으로 물었다.

"그때 은상 탔어."

봄이가 어깨를 들썩하며 대답했다.

"무슨 곡 쳤는데?"

"「학교 가는 길」."

"그거 연탄곡으로 많이 치는데. 남친이랑 같이 쳤던 거야?"

피아노를 좀 쳐 본 듯한 아이였다.

"응, 그땐 남친이 아니었지만 아무튼 오빠가 원해서 같이 나가게 됐어."

"잠깐. 네가 4학년이면 남친은 중학생인데 중딩이 초딩이랑 같이 치고 싶다고 했단 말이야?"

어떤 아이가 지적했다. 아이들이 맞장구치듯 고개를 끄덕였다.

"오빠는 그때 6학년이었어. 난 너희들보다 한 살 더 많아."

"왜? 꿇었냐?"

경서는 봄이에게 문제가 있을 줄 알았다는 듯한 표정을 지었다.

"그런 건가? 외국에서 학교 다니다 왔거든. 거기는 9월에 학년을 시작해서……."

"외국? 어디?"

"체코. 아빠 직장 때문에 초등학교 6학년 때 갔다가 올해 1월에 돌아왔어."

"너, 그럼 영어 잘해?"

아이들은 피아노 이야기가 나왔을 때만큼이나 미심쩍어했다.

"체코는 영어권 나라가 아니어서 그렇게 잘하진 못해. 국제 학교에 조금 다니다 체코 공립학교로 옮겼는데 거기서는 췌스키, 체코어를 쓰거든."

남친, 키스, 프라하, 카프카, 피아노……. 하나같이 봄이와는 어울리지 않는 단어들이었다.

"그럼, 그 남친이랑 초딩 때부터 사귄 거야?"

잠시 곁길로 갔던 이야기가 다시 본론으로 돌아왔다.

"그건 아니고. 작년에 오빠가 수능 끝난 다음에 유럽 배낭여행을 했었어. 프라하에 왔을 때는 우리 집에서 지냈는데 내가 가이드를 해 줬거든. 그때 오빠가 고백했어. 나중에 안 건데 어릴 때부터 좋아했대. 나도 오빠가 좋았고. 그때부터 사귀기 시작한 거야."

봄이 같은 애를 어렸을 때부터 좋아했다니. 또다시 정적이 흘렀다.

"너, 그럼 어릴 때는 안 뚱뚱했어?"

정적을 가른 그 질문은 내가 수련회에 가서 처음으로 입을 떼고 한 말이었다.

사실 나는 아이들 틈에 섞여 이야기하는 게 서툴고 어색했다. 중학생 내내 혼자였기 때문이다. 내가 그렇게 된 건 입학 초, 별 생각 없이 어떤 아이가 좋아하는 아이돌을 흉봤기 때문이었다. 하지만 선생님이나 부모님은 내 말을 믿지 않았다. 오히려 나한테 왕따를 당할 만한 다른 문제가 있을 테니 그걸 고쳐 보라고 했다. 내게 잘못이 있다면 솔직했던 것과, 내가 흉본 아이돌 가수를 좋아하는 애가 인싸란 걸 몰랐던 것뿐이다. 나는 어른들에게 그 사실을 납득시키지 못했고, 시간이 지날수록 나 자신이 아니라 다른 사람들의 말과 생각을 믿게 됐다. 결국 외톨이가 되어 말문을 닫고 지냈다.

그런 내가 질문을 던진 건, 봄이를 무시하거나 상처 주기 위해서가 아니라 정말 궁금해서였다. 봄이 같은 체형을 가진 아이가 놀림이나 따돌림을 당하는 경우는 종종 있었다. 사소한 실수를 한 내게 가해졌던 가혹한 형벌이 어떻게 봄이한테는 비껴갔는지 정말 궁금해서 나도 모르게 나온 거였다. 하지만 말을 다 마치기도 전에 아차 싶었다. 아이들이 가만히 있었던 건 궁금하지 않아서가 아니라 그런 말을 해선 안 되기 때문이었던 거다. 눈치 없이 한 말에 또다시 혼자가 될지도 모른다는 절망감에 빠지려는 순간, 내게 쏟아지는 다섯 명의 호의 가득한 시선을 느꼈다. 그 눈빛은 자기를 대신해 속 시원한 질문을 해 준 내게 고맙다고 말하고 있었다. 그걸 느끼는 순간 온몸에 짜릿한 전율이 흘렀다.

"그건 왜?"

봄이가 바보처럼 물었다.

"그냥, 궁금해서……."

이 바보야, 정말 모르겠어? 아이들은 지금 '너 같은 애한테 잘생긴 대딩 남친이 있다니 그게 말이 돼?' 하고 외치고 싶은 거라고. 나는 1인이 아니라 6인에 속해 있는 행복함과 안도감을 즐기며 속으로 혀를 찼다.

"난 한 번도 날씬한 적이 없었으니까 어릴 때도 그랬겠지."

봄이가 아이들의 시선에 아랑곳하지 않고 대답했다.

다시 입을 다문 아이들은 복잡한 표정이었다. 나는 그 표정을 읽을 수 있었다. 아이들이 억울함을 덜 느낄 길은 봄이를 허언증이나 망상증 환자라고 여기는 것뿐이었다.

수련회에서 돌아오자마자 경서가 단톡방을 만들어 같은 방을 썼던 아이들을 초대했다. 나는 초대됐는데 봄이는 없었다. 나는 제외된 1인이 아니라는 사실을 확인하고 증명하려고 누구보다 자주, 그리고 열심히 단톡방을 드나들었다.

우리는 주말을 바쳐 봄이의 이야기가 거짓말 또는 과장이라는 증거를 찾기 위해 애썼다. 한국에서 초등학교와 중학교를 졸업하지 않아서 앨범도 없었고, SNS도 하지 않아 성과기 거의 없었다. 외국에서 살다 왔다는 것 자체가 거짓말이라는 주장도 나왔지만 그 역시 증거를 찾기가 어려웠다.

그러다 내가 결정적 증거를 찾아냈다. 사촌 언니가 한영대학교에 다니는 덕분이었다.

> 한영대학교는 계열별로 모집. 1학년이면 인문학부, 경상학부 같은 식으로 부르지 경제학과라고는 안 한다고 함.

나는 단박에 주요 정보원을 가진 중요한 존재가 됐다. 내 말이 다른 아이들에게 의미 있게 여겨지고 가치를 지닌 채 전달되는 경험은 눈물이 날 만큼 행복한 일이었다. 내 말에 힌트를 얻은 누군가가 그 대학의 작년 입시 요강을 뒤져 시험 일정상 봄이 남친이 크리스마스 때 유럽 여행을 할 수는 없다고 말했다. 나는 수시에 학과 지정 지원을 해서 합격했으면 모든 일이 가능하다는 사촌 언니의 말을 굳이 전하지 않았다.

빵을 치려면 제대로 칠 것이지.

페북이나 인스타 안 하는 것도 이상하지 않냐?

내 말이. 그런 남친 있으면 인스타에 자랑질하는 게 정상 아니야?

웹소설 같은 거 보고 떠드는 걸 수도 있어.

허언증 쩐다니까.

구경하는 재미는 있겠다.

주말 내내 단톡방은 뜨겁게 달아올랐다. 한마음으로 봄이의 뒤를 캐는 동안 학년 초의 어색함은 자취도 없이 사라졌다. 나는 아이들 무리에 속해 있음을 빨리 실감하고 싶어 월요일이 기다려질 정도였다.

월요일 아침, 우리는 수련회를 3일이 아니라 석 달은 다녀온 사이처럼 서로를 반겼다. 담임은 우리 4조가 수련회의 취지를 가장 성공적으로 실현했다고 칭찬해 주었다. 그 칭찬이 순전히 봄이 때문임을 알고 있는 우리는 고마움의 표시로 그 애에게

'로판 작가'라는 별명을 붙여 주었다. 봄이의 이야기는 현실에선 절대로 일어날 수 없는 '로맨스 판타지' 장르였다. 그게 조롱의 뜻임을 봄이만 빼고 다 알았다.

수련회를 다녀와서 흐뭇한 마음으로 4조를 칭찬했던 일이 떠올랐다. 그런데 한 아이가 빠진 4조였다. 수지의 별 탈 없음이 그 자리에 다른 누군가를 제물로 끌어들여서라니. 담임이면서 아무것도 모르고 있었다는 게 꺼림직했다. 불안이 스멀스멀 피어올랐지만 이상하게 봄이를 두둔하고 싶은 마음은 들지 않았다. 그동안 아이들에게 둘러싸여 떠들던 이야기가 이런 거였나 보다. 아이들과 잘 어울리는 게 좋은 성격 덕이라고 생각했는데 허풍이나 거짓 때문이라는 게 실망스러웠다.

나는 봄이 같은 아이들의 심리를 잘 안다. 무플보다는 악플이 낫다는 연예인들처럼 무관심보다는 어떤 이유로든 이목을 끄는 게 좋았겠지. 뭐, 봄이의 거짓말은 그동안 내가 봐 온 병적인 거짓말들에 비하면 소소할 수도 있다. 멀쩡하게 친아빠랑 살면서 새아빠가 자기한테 이상한 짓을 한다고 한 애도 있었고, 실은 부잣집 딸이면서도 반지하 원룸에서 사는 양 가장하거나 그 반대인 경우도 있었다.

봄이는 자기 거짓말에 관심을 갖는 아이들을 보며 쾌감을 느꼈을 거다. 내일 학교에 나와 무슨 말을 하더라도 속지 말아야겠다. 그 남자와 잤다고 해도, 그 남자의 아이를 임신했다고 해도 눈 하나 깜짝하지 않을 거다. 거짓말하는 애들한테는 그게 약이다. 하지만 그렇게 생각해도 마음이 가라앉지 않았다. 나는 불안함에 의미를 부여하지 않기 위해 지금까지 아이들과 잘 어울리던 봄이를 떠올렸다. 피해자는 오히려 봄이의 거짓말에 놀아나 시험을 앞두고 이런 글이나 써 대고 있는 반 아이들이다.

어찌 됐든 이 글들의 정체가 무엇인지 알기 위해서라도 다음 이야기를 빨리 읽고 싶었다. 더 읽어 보면 진실을 알 수 있겠지. 종이를 넘긴 나는 번호부터 보았다. '10310'이라는 숫자를 보는 순간 갑자기 불이 들어온 듯 머릿속이 환해졌다. 나은성이었다.

'이 녀석이었어?'

나는 풋, 하고 웃음을 터뜨렸다.

그동안 흥미로우면서도 한편으론 미심쩍고 혼란스럽던 점이 단숨에 풀리며 불안도 해소됐다.

왜 그 생각을 못 했지? 지금까지 읽은 정체불명의 글은 우리 반 아이들이 이어 가면서 쓴 게 아니라 나은성 혼자서 쓴 소설이 분명했다. 문체가 같은 것도, 의심 가던 아이들의 글솜씨도 그래서였다.

은성은 작가를 꿈꾸는 아이이다. 문예창작과나 국어국문학과에 들어갈 스펙을 쌓느라 벌써부터 각종 공모전과 백일장에 열심히 참가하고 있다. 며칠 전, 청소년 문예 공모전에 낼 소설을 쓰고 있다며 나중에 한번 봐 달라고 하더니 이것인 모양이다. 그러니까 서두에 쓴 반 번호는 소설의 소제목인 셈이다. 그게 번호 주인을 연상하게 만들면서 긴장감과 흥미를 배가시켰던 거다. 긴장감과 흥미는 우리 반 아이들과 내가 읽을 때나 유효하다는 사실을 알려 줘야겠다. 그리고 아무리 픽션이라고 해도, 오해의 소지가 있거나 누군가에게 상처를 줄 수 있는 실명 사용은 삼가야 한다는 조언도 해야겠다.

은성이가 쓴 소설이라고 생각하자 가슴에 얹혀 있던 무언가가 쑤욱 내려간 것처럼 편안해졌다. 앞으로는 소설 속 인물에 반 아이들을 대입시켜 가며 끌탕할 것 없이 그저 내용을 즐기면 된다. 더구나 소설에 나오는 프라하는 나도 가 본

곳이다. 대학 1학년 여름방학 때 은지, 소연과 함께 배낭여행으로 다녀왔다. 첫 해외여행을 체코로 정했던 건 그 당시 프라하를 배경으로 한 드라마가 어마어마한 인기를 끌었기 때문이다. 소연과 함께 봉인했던 추억이 비죽비죽 올라왔다.

10310

봄이의 남친 이야기는 월요일 오후가 되기 전에 교실에 다 퍼졌다. 수련회 때 다른 방을 썼던 아이들에게도 그 이야기는 믿고 싶지 않은 내용이었다. 봄이를 제외한 우리 반 26명은 모두 봄이보다는 자기가 더 예쁘고 날씬하다고 생각한다. 그런데도 기껏해야 여드름 난 동급생이나 입시에 찌든 한두 해 선배를 사귀는 게 고작이다. 봄이에게 잘생긴 대학생 남자 친구가 있다는 건 불공평하다는 생각이 바이러스처럼 빠르게 교실에 퍼졌다.

그러면서도 아이들은 봄이에게 연애 이야기를 해 달라고 졸랐다. 잠시라도 공부와 성적, 스펙 같은 것들로부터 벗어나고 싶어서였다. 자신에게 집중된 관심에 당황한 것 같던 봄이는 아이들이 계속 조르자 못 이기는 척 입을 열었다. 아이들이 우르르 모여들어 봄이를 에워싸고 떠들어 댔다.

"무슨 다리에서 키스한 얘기부터 해 봐. 거기가 어디라고?"

"카를 다리래. 체코에 있대. 맞지, 이봄?"

"남친이 피아노 치면서 고백했다는 거 진짜야?"

"무슨 헛소리야? 초딩 때 같이 피아노 대회에 나갔었대."

"아, 지방 방송 좀 꺼. 4조 아니었던 애들은 나중에 따로 듣고, 이봄, 너 한국에 온 다음 이야기부터 해 봐."

경서가 정리를 했다. 봄이가 이야기를 시작하자 교실은 아이들이 침 삼키는 소리만 들렸다.

봄이의 남자 친구는 봄이가 한국에 온 뒤 아이스 링크를 통째로 빌려 다시 정식으로 고백을 했다고 한다. 그러고 나서 아름다운 조명이 불을 밝힌 빙판을 누비며 단둘이 스케이트를 탔다나.

드라마에나 등장할 법한 이야기에 아이들은 모두 어이없어했다. 휴대폰으로 인터넷 검색을 해 본 아이가 폐장한 뒤에 프러포즈 이벤트를 할 수 있는 아이스 링크가 있다고 말해 주었다.

"아무리 그런 데가 있다고 해도 결혼 프러포즈를 하는 것도 아니고, 애들이 아이스 링크를 빌려서 이벤트를 한다는 게 말이 돼? 남친이 재벌 3세야, 뭐야?"

"재벌 3세가 미쳤다고 봄이 같은 애를 사귀냐?"

"혹시 남친이 이벤트 회사에서 알바하는 거 아니야?"

아이들은 그렇게 떠들면서도 상상 속에서는 봄이 대신 자신을 들여놓았다.

그 뒤로도 계속된 봄이의 이야기는 공부와 시험과 성적의 쳇바퀴에서 내려올 수 없는 대한민국 고딩에게는 꿈속에서도 일어나기 어려운 일들이었다.

아이들은 꼬투리를 잡지 못해 안달하면서도 봄이의 연애담에 열광했다.

"너희 자주 만나?"

"지금은 주말밖에 못 만나지만 처음엔 일주일 내내 만났어. 한국에 돌아오자마자 엄마가 오빠한테 내 과외를 맡겼거든. 주중에는 공부하고, 주말에는 오빠랑 여기저기 놀러 다니면서 데이트했어."

"너희 엄마도 너, 남친 사귀는 거 알아?"

"아니. 당분간은 비밀로 하기로 했어."

봄이 엄마야 알아도 감지덕지였을 거다.

"근데 너희, 공부만 했냐?"

누군가 은근슬쩍 물었고 아이들은 갑자기 열기가 오른 얼굴로 봄이의 입을 바라보았다.

"그럼 또 뭘 했길 바래?"

봄이가 웃으며 아이들을 둘러보았다.

"사귀자마자 키스부터 했으니 더 진도가 나갔을 거 아니야. 혹시 잤냐?"

아주 친한 사이거나 봄이가 아니었다면 섣불리 하지 못할 질문이었다.

"그건 나 대학 갈 때까지 참기로 했어. 그거 빼곤 뭐……. 너희들 상상에 맡길게."

"그거 빼고 다?"

아이들이 발을 구르며 꺅꺅 비명을 질렀다. 더 이야기해 달라고 졸랐지만 봄이는 미소 띤 얼굴로 고개를 저었다. 감질난 아이들이 각자 하는 상상으로 교실의 공기는 후끈 달아올랐다. 봄이는 단숨에 금단의 열매를 삼킨 이브처럼 위험하면서도 매혹적인 존재가 되었다.

"근데 남자들은 잘 못 참는다던데."

딴지를 걸듯 누가 말하자 아이들이 제정신으로 돌아온 듯 고개를 끄덕였다.

"그런 말 다 못난 애들이 하는 핑계야. 남자든 여자든 얼마든지 자기 의지로 자제할 수 있어. 나랑 오빠도 그러고 있고."

봄이의 말이 아이들에겐 잘난 척하는 걸로 들렸고 잠시 봄이에게 홀렸던 아이들은 아니꼬운 감정이 돼 제자리로 돌아왔다.

아이들은 두 파로 나뉘었다. 봄이의 연애 이야기가 백 퍼센트 거짓이라는 쪽과 허풍이 세긴 해도 남자 친구가 있긴 한 것 같다는 쪽이었다. 하지만 남친이 있을 거라고 생각하는 아이들도 콧방귀를 뀌었다.

"대학교에 예쁜 여자들이 득시글거릴 텐데, 자기 대학 갈 때까지 안 깨질 줄 아나 보지? 완전 짜증 나."

"대딩은 무슨. 어쩌면 재수생일지도 몰라. 아니면 학교를 속인 걸 수도 있고."

"혹시 지방캠 아니야?"

"어디까지 가나 보게 그냥 내버려 둬. 심심한데 재밌잖아."

"그래. 우리가 자기 말에 속는 줄 알고 신나서 소설 쓰는 거 진짜 웃겨."

거짓이라는 쪽은, 봄이가 어떤 질문에든 선선히 대꾸하는 걸 그 증거로 들었다. 보통 아이들이라면 감출 만한 이야기도 스스럼없이 하는 건 진짜가 아니라서다. 남친이 완벽한 남자라는 것 또한 거짓의 증거였다. 아이들은 봄이가 현실에서는 절대로 이룰 수 없는 꿈을 상상으로 풀어내는 거라고 단정 지었다.

나로 말할 것 같으면 봄이의 연애 스토리가 거짓이든 허풍이든 상관없었다. 관찰자 입장에서 봄이의 연애담은 물론 그 애를 둘러싸고 반에서 벌어지는 일들이 흥미진진할 따름이었다. 무엇보다 봄이의 이야기는 내게 많은 영감을 주고 있다. 덕분에 요즘 웹소설 연재 플랫폼에 올리고 있는 소설 조회 수가 만만치 않다. 인기가 있으면 책이나 영상화가 될 수도 있기에 야심을 품고 열심히 쓰는 중이다. 그런 행운이 생기면 대학 입시 때 가산점을 받을 수 있다.

내 꿈은 시나리오 작가나 드라마 작가다. 대박을 터뜨려서 돈도 많이 벌고, 톱스타들과 어울리며 화려하고 신나게 살고 싶다. 치아 교정을 마친 뒤 눈 좀 트고, 코 좀 세우고, 살 좀 빼고, 라식 수술을 해서 안경을 벗으면 내 극본의 주인공을 맡은 연예인과 사귈 수 있을지도 모른다.

뚱뚱한 여고생이 훈남 대학생하고 알콩달콩 사랑하는 이야기를 진짜(일 수도 있는) 당사자가 말하면 의심과 비난과 조롱을 받는데 소설로 써 놓으면 폭발적인 인기를 얻는다. 그동안 내 소설은 내용 면에서나 인기 면에서나 지지부진했다. 소설의 상상력이란 게 경험에서 피어나는 법인데 초등학생 때부터 학교와 학원만 오가며 살았으니 특별한 이야깃거리가 있을 리 없다. 게다가 아직 '모쏠'인지라 아무리 상상력을 발휘해도 내 소설은 이미 누군가는 썼음직한 이야기로 채워질 수밖에 없었다.

수련회에서 봄이의 이야기를 처음 들었을 때 나는 본능적으로 대박이 될 감을 느꼈다. 외국과 우리나라를 오가며 펼쳐지는 여고생의 러브 스토리라니. 물론 과거나 미래로 가는 타임 슬립 로맨스도 많지만 그건 내가 쓸 수 있는 영역이 아니다. 나는 기껏해야 교실이나 학원을 맴도는 이야기밖에 쓸 수 없는데, 그에 비하면 봄이 이야기는 체코라는 공간적 배경부터 뭔가 있어 보였다.

내 소설은 지명에서부터 낭만적인 분위기가 물씬 풍기는 체코에서 살았던 실제 경험(이라고 주장하는) 자의 이야기를 바탕으로 쓴 거라 완성도가 높을 수밖에 없었다. 연예인들이 일상에서 찍은 스냅 사진도 화보가 되는 것처럼, 봄이의 러브 스토리는 들은 대로만 옮겨 놓아도 드라마 같았다. 게다가 상상에 맡긴다는 봄이의 말은 내게 큰 영감을 주었다. 내 욕망을 투사하자 소설은 한층 대담해졌고 그럴수록 인기도 높아졌다.

나는 저녁마다 책을 보는 척하지만 실제로는 누구보다 귀를 쫑긋 세우고 봄이의 이야기를 듣는다.

이야기가 점점 더 흥미로워진다. 이 정도 실력이면 공모전에 나가서 당당히 수상할 것 같다. 그럼 은성이는 목표하는 대학에 갈 수 있을 거다. 인기 있는 작가가 될 수도 있다. 담임이자 국어 교사로서 뿌듯한 일이다.

다음은 10327, 하지윤. 올해 반을 맡은 뒤 가장 늦게 이름을 외웠을 만큼 눈에 띄지 않는 평범한 아이다. 아차, 아이들과 반 번호를 연관 짓지 않기로 했지. 이제부터는 은성이의 글솜씨를 평가하며 읽는 거야. 그래도 아이들을 떠올리며 읽는 게 훨씬 몰입도가 높긴 하다.

아무튼 나은성, 제법이라니까.

10327

야자 시간에 봄이는 문자를 받았다. 그였다.

하늘 좀 봐. 보름달 떴어.

봄이 자리에선 교정을 비추는 가로등밖에 보이지 않았다. 그 아래 벚꽃이 눈처럼 하얗게 흩날리고 있었다.

교실에선 안 보여.

잠깐 나와. 달 보러 가자!

그는 학교 앞이라고 했다. 봄이는 교실 안을 둘러보았다. 공부를 하든 딴짓을 하든 아이들은 이제 각자의 세계로 빠져든 듯했다. 짝은 얼굴을 봄이의 반대쪽으로 한 채 엎드려 있었다. 조금 전에 감독 선생님이 지나갔으니 한동안은 괜찮을 거다.

봄이는 책상 위에 책을 펼쳐 놓고 교복 상의는 의자에 걸친 뒤 화장실에 가는 것인 양 교실을 나왔다. 교복 조끼에 슬리퍼 차림으로 텅 빈 복도를 지나 교정을 빠져나가는 봄이를 막는 사람은 아무도 없었다.

그가 교문 앞에 차를 세워 놓고 기다리고 있었다.

"내가 멋진 데 알아 놨어. 얼른 갔다 오자."

그는 차에 탄 봄이에게 아직 따뜻함과 향기가 그대로인 커피를 건넸다.

그들은 아주 작은 흔들림에도 꽃잎이 눈송이처럼 쏟아지는 벚꽃 터널을 지나 달빛이 쏟아지는 길을 달려 물가로 갔다. 그러곤 물 위에 가로놓인 나무다리에 나란히 걸터앉아 달을 보았다. 달은 하늘에서, 물결 위에서, 서로의 눈동자 속에서, 마음속에서 은은하게 빛났다.

봄이의 이야기가 끝나고도 우리는 꿈속인 양 한동안 가만히 있었다. 누군가의 긴 한숨이 신호가 돼 정신을 차리면 줄지어 선 시험과 과제가 있는 암울한 현실이 기다렸다. 나는 봄이의 이야기가 영원히 계속되길 바랐다. 그리고 그 이야기가 사실이기를 바랐다. 아니, 사실이라고 믿었다. 이야기 속에서 봄이는 나였다. 성적도 얼굴도 사는 것도 그저 그래서 앞날도 별 볼 일 없을 것 같은 고등학생 하지윤이 세상에서 가장 멋지고 자상하고 따뜻한 남자 친구와 데이트를 한다. '내신이 곧 미래다.' 라는 급훈이 우리를 내려다보고 있는 교실이 아니라 달빛이 쏟아지는 꽃그늘 아래에서 나는 연인과 손을 잡고 키스를 한다.

상상이 에너지바라도 되는 양 그 덕분에 나는 공부할 기운을 얻곤 했다. 고마운 마음에 봄이에게 음료수나 초콜릿 같은 걸 건넨 적도 있었다. 하지만 대부분의 아이들은 나와 달랐다. 먼저 이야기를 해 달라고 조르거나 부추겨 놓고는, 마치 그러기 위해 이야기를 들었다는 듯이 트집거리를 찾았다. 아이들은 보름달이 언제 떴는지 확인했으며, 학교에서 가까운 거리에 벚꽃 터널을 지나 달빛이 쏟아지는 냇가가 있는지를 가지고 떠들어 댔다.

봄이의 이야기는 이제 허풍보다는 거짓이라는 쪽이 대세였다. 누군가 봄이가 들려준 스토리와 흡사한 웹소설을 찾아냈기 때문에 그 말은 더욱 신빙성을 갖게 되었다.

나도 그 소설을 보았다. 봄이가 해 준 이야기와 내용이 비슷했으며 좀 더 자극적이었다. 아이들은 봄이가 웹소설들을 각색해서 이야기하거나, 또는 자기가 쓰는 소설을 우리에게 실제인 양 들려주는 거라고 여겼다. 어느 쪽이든 나는 달콤하고 환상적인 봄이의 러브 스토리가 끝나지 않기를 바랐다.

✦ 10303

"김다예, 너 봄이 야자 시간에 나가는 거 봤어?"

아이들이 내게 물었다. 솔직히 기억이 나지 않았다. 아이들은 봄이가 교실을 빠져나가 데이트를 하고 왔다는데도 짝인 내가 모른다는 게 말이 되느냐고 했지만 사실이었다.

요즘 나는 제정신이 아니다. 서강현 때문이다. 강현이와 나는 중3 때부터 함께 영어 과외를 받았다. 원래는 세 명이었는데 고등학생이 되면서 영지가 그만두는 바람에 둘만 남았다. 셋이서 과외를 할 때까지만 해도 우리는 그저 같은 아파트 단지에 살고, 같은 학교에 다니는 친구 사이일 뿐이었다. 그런데 영지가 그만두자 소개팅 주선자가 자리를 떠나고 둘만 남은 것처럼 분위기가 어색해졌다.

강현이는 영지가 있을 때와는 달리 장난이나 실없는 소리를 안 했다. 그러자 강현이의 훌쩍 자란 키와 단단해진 팔뚝, 긴 손가락 들이 보이기 시작했다. 과외를 하는 동안 나는 자꾸만 강현이의 힘줄이 드러난 팔뚝을 만지고 싶고 손이 잡고 싶어졌다. 강현이와 키스를 하는 상상도 했다. 강현이의 말 한마디, 몸짓 하나하나가 점점 더 나를 자극했다.

드라마에서 여자 남자가 우연히 손이나 몸이 닿았을 때 찌릿하고 전기가 통하면서 감정이 생기는 게 억지스럽다고 생각했는데 아니었다. 어느 날, 상 아래로 저린 다리를 펴다가 발이 강현이 무릎에 닿았다. 깜짝 놀라 움츠리는 내 발을 강현이가 꽉 잡았다. 갑자기 번개를 맞은 것처럼 정신이 아찔했다. 그날 우리는 과외 샘이 화장실에 간 틈을 타 누가 먼저인지도 모르게 키스를 했다.

그게 시작이었다. 우리는 선생님이나 엄마들이 보는 데선 서로 툭툭거리는 척했지만 영어 진도와 함께 스킨십 진도도 나갔다. 강현이는 언젠가부터 마지막 진도까지 나가고 싶어 안달을 했다. 실은 나도 마찬가지였다. 하지만 대학 입시라는 마라톤 코스로 들어선 우리에겐 언제나 감독과 감시의 눈길이 따라붙었다. 우리의 시간과 동선은 철저한 관리 아래 있었고, 때로는 영혼까지 통제당하는 느낌이 들곤 했다. 모든 제약과 장애를 넘어 마지막까지 가고 싶은 것, 나는 그게 사랑이라고 믿었다.

그래서 봄이의 러브 스토리를 듣다 보면 코웃음이 나왔다. 자는 건 대학 갈 때까지 자제하기로 했다는 말은 남자가 봄이를 여자로 안 본다는 얘기다. 아니면 남자한테 무슨 문제가 있는데 그걸 숨기고 만나는 것이거나.

봄이를 둘러싼 채 침을 삼키며 귀 기울이고 있는 아이들 모습 또한 코미디가 따로 없다. 자기 자리에 앉아 관심 없는 척하면서 귀를 세우고 있는 아이들도 마찬가지였다. 시시해 빠진 봄이 이야기에 달뜬 아이들을 보면 가소로운 한편 뿌듯해졌다. 그 애들 가운데 아무리 공부 잘하고 얼굴이 예뻐도 나처럼 짜릿하고 비밀스러운 연애를 하고 있는 아이는 없을 거다. 그 일이 있기 전까지 나는 그렇게 믿었다.

그날은 강현이네 집에서 과외를 하는 날이었다. 나는 아파트 단지까지 데려다주는 통학 버스에서 내려 곧바로 강현이네 집으로 갔다. 문을 열어 주는 강현이도 아직 교복 차림이었다. 집 안이 조용했다.

"아줌마랑 수현이는?"

"큰집에 제사 지내러 갔어."

대답하는 강현이의 표정과 행동이 어딘지 이상했다.

"쌤 왔어?"

나는 신을 벗고 거실로 올라서며 무심코 물었다.

"쌔, 쌤, 오다가 차 사고 나서 오늘 과외 못 한대."

강현이가 당황한 기색으로 말을 더듬었다.

"뭐? 많이 다쳤대?"

놀라면서도 집에 강현이와 단둘뿐이라는 생각이 머리를 스치고 지나갔다.

"그런 건 아닌가 봐. 사고 처리 때문에 못 온대. 놀라서 수업하기도 힘들고."

강현이가 내 눈길을 피하며 말했다. 강현이의 마음을 알 것 같았다. 집에 우리 둘만 있다고 생각하니 내 기분도 이상해졌기 때문이다.

"뭐야, 괜히 왔잖아. 미리 알려 줄 것이지."

가슴이 뛰는 걸 감추기 위해 투덜거리는 척했다.

"지, 지금 막 연락받았어."

강현이가 억울하다는 듯 손에 있는 휴대폰을 들어 보였다. 뒤돌아서 다시 신을 신고 문을 열고 나가면 되는데 몸이 말을 듣지 않았다. 대신 이렇게 말했다.

"물 좀 줄래?"

컵을 꺼내 정수기에서 물을 받는 강현이는 허둥거리는 모습이 역력했다. 나는 벌컥벌컥 물을 마시곤 컵을 식탁 위에 내려놓으며 말했다.

"그럼 갈게."

그런데 발이 떼어지지 않았다. 그때 강현이가 내 팔을 잡았다. 그걸 기다린 건지도 모르겠다. 이렇게 단둘만 있을 기회가 또 오기는 쉽지 않았다. 강현이도 그 생각을 했는지 조급하게 굴었다. 수십 번, 수백 번 상상하며 바라던 순간이었는데 더럭 겁이 났다. 어른들의 레이더망에서 완전히 벗어나는 게 오히려 불안할 줄이야. 내가 거부하자 강현이는 화난 얼굴로 소파에 앉아 TV 게임 채널을 틀었다. 강현이의 기분이 상한 것 같아 불안했다. 옆으로 가 장난도 걸어 보았지만 강현이는 잠자코 TV만 보았다. 강현이가 아무런 반응도 보이지 않자 초조해진 나는 결국 먼저 그 애의 손을 잡았다.

집으로 돌아오자 엄마는 시계와 나를 번갈아 보며 어리둥절해했다.

"과외 쌤 차 사고 나서 오늘 과외 못 한대. 아, 어디 다친 건 아니고."

"그런데 왜 이제 와?"

"뭐, 쌤이 첨엔 좀 늦는다고 해서 기다리다……. 엄마, 나 피곤해. 좀 쉬다 수행평가 과제 해야 돼."

내가 정말 피곤해 보였는지 엄마는 그쯤에서 끝냈다.

내 방으로 들어와 혼자가 되자 갖가지 혼란스러운 감정이 밀어닥쳤다. 나는 아무것도 할 수가 없었다. 얼마 뒤에는 누군가에게라도 이야기를 꺼내 놓지 않으면 못 견딜 것 같았다. 그때 가장 먼저 떠오른 얼굴은 이상하게도 짝인 봄이였다. 내 이야기를 듣고 비밀을 지켜 줄 만한 다른 아이는 생각나지 않았다. 나는 반 단톡방에서 봄이를 찾아 개인 톡으로 말을 걸었다. 얼굴을 마주 보지 않아서인지 봄이가 우리에게 자기 러브 스토리를 들려주듯 강현이와 처음 키스를 하던 순간부터 오늘 일까지 모두 말할 수 있었다.

물론 나는 봄이의 조언이나 위로 같은 건 바라지 않았다. 끓어넘치는 내 감정을 쏟아 버릴 쓰레기통이 필요했을 뿐이다. 누군가에게 털어놓는 것만으로도 마음이 안정되는 것 같았다. 하지만 다음 날 눈을 뜨는 순간 너무 후회됐다. 거짓말이나 늘어놓는 애한테 내 이야길 털어놓다니. 나는 학교에서 봄이를 보자마자 말했다.

"어제 놀랐지? 톡으로 한 이야기 다 뻥이야. 나도 소설 한번 써 봤어."

봄이는 잠시 어리둥절한 표정을 짓더니 잠자코 고개를 끄덕였다. 무슨 생각으로 고개를 끄덕이는지는 알 수 없었다. 봄이가 남들한테 내 이야기를 떠들어 댈 것 같지는 않았지만 혹시 소문이 나면 봄이를 놀린 거라고 하면 된다.

그 일이 있고 난 뒤 과외 선생님은 차 사고의 보험 처리 문제로 옥신각신하다 병원에 입원을 했다. 그리고 엄마들끼리 이참에 과외를 그만두는 걸로 합의를 봤다. 모든 일이 내 의지와는 상관없이 벌어졌다. 나는 과외가 깨져도 강현이와는 본격적인 연애가 시작될 거라고 기대했다. 강현이가 사랑 고백과 함께 만나자고 연락해 올 줄 알았다. 당연히 그래야 한다고 생각했다. 하지만 강현이한테서는 아무런 연락이 없었다. 톡방에서도 나가 버렸다. 화가 나서 문자로 이별 통보를 해도 대답이 없었다. 망설이고 망설이다 전화를 걸어 보았으나 없는 번호라는 음성 안 내가 나왔다.

며칠 뒤, 엄마한테 모의고사 성적이 뚝 떨어져 화가 난 강현이 아빠가 강현이의 휴대폰을 2G폰으로 바꿨다는 이야기를 들었다. 강현이만큼은 아니지만 내 성적도 떨어졌다. 엄마가 강현이 이야기를 한 건 내 휴대폰도 그렇게 할 수 있다는 경고였다. 하지만 마음만 있으면 2G폰으로도 얼마든지 연락할 수 있었을 거란 생각에 엄마 말이 귀에 들어오지 않았다.

요즘 나는 까였다는 생각에 기분이 아주 더럽다. 강현이가 그 일을 그저 해프닝으로 여길지 모른다고 생각하면 속이 부글부글 끓었다. 봄이의 연애 이야기를 듣고 있으면 더 열이 뻗쳤다. 봄이 같은 애도 그렇게 사랑을 받는데 내가 어디가 부족해서! 나 역시 아무 일 없었던 걸로 쳐 버리면 통쾌한 복수가 될 텐데, 계속 강현이의 연락을 기다렸고 수시로 온갖 감정에 휘말려 들었다. 그러니 봄이가 언제 자리를 비웠는지, 그날 보름달이 떴었는지 따위는 생각도 나지 않았다.

10312

"이봄, 매점 가자."

둘째 시간이 끝나면 나는 봄이에게 말한다. 아침을 거른 배속이 그 시간이면 무엇인가 달라고 요동을 친다. 나는 봄이와 함께 매점으로 간다. 컵라면과 빵, 과자 등을 파는 지하 매점은 늘 아이들로 미어터졌다.

"쟤가 박미나야."

남자아이들의 수군거림에 런웨이 위 모델처럼 내 등과 허리는 더욱 꼿꼿해진다.

나와 봄이 같은 조합에서는 당연히 봄이가 무수리 역할을 맡는다. 줄 서서 간식거리 사는 것도 당연히 봄이가 해야 하는 일이다. 하지만 나는 봄이와 함께 줄을 서서 빵이나 과자를 산다. 그 사실을 당연하게 생각하는 봄이를 볼 때면 눈치 없음에 짜증이 솟구치지만 내색하지 않는다. 컵라면 냄새에 텅 빈 위장에서 쓴물이 넘어와도 나는 허기진 속을 달랠 만큼만 먹는다.

우리는 공부든 얼굴이든 등수가 매겨지는 삶에서 벗어나기 힘들다. 나는 일찌감치 공부로는 빛나기 어렵다는 사실을 깨달았다. 하지만 내게는 공부 말고도 승부를 걸 수 있는 '얼굴'이라는 또 다른 무기가 있다. 내 미모에 걸맞은 44사이즈 몸매를 유지하기 위해 얼마나 애쓰는지는 남들에게 알리고 싶지 않다. 물 위에 우아하게 떠 있는 백조가 물속에서 허우적거리며 치는 물갈퀴질까지 보여 줄 필요는 없으니까.

우리 학교는 남녀 분반이지만, 아이들은 서로에 대한 다양한 정보와 리스트를 가지고 있으며 종종 외모나 인성에 대한 품평회를 한다. 정보에 따르면 혜나는 너무 까칠해서 재수 없는 아이로 낙인이 찍힌 모양이다. 예쁘면 다 용서된다고들 하지만 학교라는 사회는 평판도 중요하다. 예쁜 여자를 돋보이게 하는 건 높은 아이큐나 성적보다 인성이다. 예쁜 여자들이 같은 여자들에게 배척당할 숙명을 타고 난 건 사실이지만 당사자의 처신에 따라 얼마든지 이성과 동성 모두에게 관심과 호의를 받을 수 있다.

학교 안에서뿐이지만 내가 봄이와 함께 다니기 시작한 건 혜나가 봄이를 싫어하는 걸 안 다음부터였다. 나도 사실 봄이가 늘어놓는 헛소리를 듣고 있자면 코웃음이 나왔다. 하지만 상대도 되지 않는 애한테 그렇게 노골적으로 싫어하는 티를 내는 혜나가 더 유치하고 한심했다. 자기들도 봄이를 무시하고 우습게 보면서 나나 혜나 같은 애들이 그러면 잘난 척한다고 씹어대는 아이들의 속성을 간파하지 못한 혜나는 나보다 여러 수 아래다.

봄이와 다니면서 인성 좋은 아이라는 평판도 얻고 미모도 더 돋보이게 됐으니 혜나와의 대결에서 이긴 셈이다. 나중에도 마찬가지이다. 청춘을 공부에 바친 혜나가 남의 곪은 상처나 들여다보고 있을 때 나는 멋진 남자들과 연애를 즐기며 신나게 살아갈 거다. 그 가능성은 벌써부터 보였다.

내게 관심 있는 남자애들을 줄로 세운다면 우리 학교 운동장을 몇 바퀴 돌리고도 남겠지만 내가 좋아하는 사람은 2학년 서지욱 선배다. 키 크고 잘생긴 지욱 선배가 입학 초 혜나한테 관심을 가졌던 건 알 만한 애들은 다 안다. 하지만 그는 현재 내 남자 친구다.

어느 날, 지욱 선배가 내게 물었다.

"미나야, 너 왜 그 뚱땡이랑 같이 다니는 거야?"

"내 친구한테 그렇게 말하지 마. 봄이가 얼마나 성격도 좋고 착한데."

어떤 표정과 말투를 해야 상대에게 먹히는지 나는 잘 알고 있다. 지욱 선배의 얼굴에 자랑스러운 미소가 퍼졌다.

"역시 넌 얼굴 좀 예쁘다고 깝치는 애들이랑은 달라."

나는 뒷장을 보았다.

10309, 다시 혜나다.

10309

수학 과외가 있는 날이다. 나는 브래지어 안에 볼륨 패드를 넣었다. 그리고 가슴이 파인 윗도리와 허벅지가 드러나는 짧은 반바지를 입었다.

지난 2월, 수학 과외 교사를 바꿨다. 과외 사이트에 과학고 합격생이라고 올린 건 순전히 실력 있는 사람을 찾기 위해서였다. 사실 과학고 합격 대기자 명단에 올랐다가 아슬아슬하게 떨어진 터라 실력은 결코 뒤지지 않았다. 과학고생이 아니라는 사실은 괜찮은 과외 교사를 찾은 다음에 밝히면 된다.

추천받은 교사의 프로필을 보자마자 마음에 들었지만 엄마가 반대했다. 엄마는 SKY대에서 수학을 전공하고 경력도 있는 전문 과외 교사를 원했다. 나도 전 같으면 그 정도 스펙에는 눈길도 주지 않았을 텐데. 고등학교 입학을 앞두고 있어서인지 심란했다. 일반고에 다니며 공부에 영혼을 갈아 넣을 생각을 하니 과외라도 젊고 잘생긴 남자 샘한테 받고 싶었다. 엄마는 내 고집에 져 주는 대신 조건을 걸었다.

"일단 시작하지만 입학해서 첫 모의고사 성적 보고 계속할지 결정할 거야."

그렇게 해서 샘과 첫 대면을 하는 순간부터 나는 그에게 홀딱 빠지고 말았다.

"서진하라고 해. 우리 잘해 보자."

진하 샘이 웃으며 말하는데 머릿속에서 폭죽이 터지는 것 같았다.

"과학고에 합격한 거 보면 수학을 잘하는 모양이네. 이거 걱정되는데."

제정신이 아니었던 나는 솔직하게 말할 때를 놓치고 말았다. 그뿐만 아니라 과학고는 기숙사 생활을 하지 않느냐는 샘의 질문에 알레르기 때문에 집에서 통학을 할 거라는 거짓말까지 했다. 샘은 사적인 영역이라고 생각했는지 더는 묻지 않았다.

진하 샘이 돌아간 뒤에야 내가 한 짓을 깨달았다. 가짜 과학고생 노릇이 들통나는 건 죽기보다 싫었기에 엄마한테 학교에 대해 함구해 달라고 부탁했다. 진히 샘에게는 진짜 내 실력을 보여 준 다음에 거짓을 밝히고 사과하면 된다. 하지만 엄마에게는 다른 이유를 댔다.

"내가 과학고에 다니는 줄 알아야 수업 준비를 철저히 해 온단 말이야."

엄마는 내 거짓말의 협력자가 돼 주었다. 나는 엄마가 결국 내 말대로 해 주리라는 걸 이미 알고 있었다. '을'은 '갑'을 이길 수 없으니까.

내게는 나무 인형인 마리오네트가 있다. 6학년 겨울방학 때 그룹 과외를 하는 아이들, 그리고 엄마들과 함께 유럽 여행을 갔을 때 사 온 거였다. 관절마다 줄이 매달린 마리오네트는 조종자에 의해 움직인다. 인형의 줄을 쥐고 있는 조종자가 갑이라면 조종자가 있어야만 움직일 수 있는 마리오네트는 을이다.

내 성적으로 자신의 가치를 증명해야 하는 사람들 또한 나와의 관계에서는 을이다. 명문대 합격생 수로 위상이 정해지는 학교의 선생님들, 내 시험 결과에 밥줄이 달린 과외 샘들, 내 모든 걸 틀어쥔 것 같지만 엄마 또한 내 성적에 따라 엄마 역할에 대한 평가가 달라진다. 경제적인 지원을 아낌없이 해 주는 아빠조차 내게는 을이다. 그들은 내 눈치를 보고 내 비위를 맞추기 위해 애를 쓰며 내 성적에 나보다 더 목을 맨다. 나는 좋은 성적으로 얼마든지 조종자로서의 권력을 휘두를 수 있다. 하지만 진하 샘하고 만큼은 그런 관계가 되고 싶지 않았다.

과외는 화요일과 목요일에 했다. 일주일이 그 두 요일뿐이면 좋겠을 만큼 진하 샘을 만나는 날이 기다려졌다. 남자가 이렇게 좋은 건 처음이라 스스로가 신기했다. 진하 샘에게 계속 과외를 받기 위해 나는 어떤 과목보다 수학에 열을 쏟았다. 첫 모의고사에서 수학을 만점 받은 나는 그 공을 진하 샘에게 돌렸다. 샘을 대하는 엄마 태도도 달라졌다.

나는 점점 진하 샘을 보는 것만으로 만족할 수 없었다. 그와 특별한 사이가 되고 싶었다. 그런데 진하 샘은 내게 과외 학생 이상의 관심을 보이지 않았다. 금방 샤워를 마치고 젖은 머리를 하고 있어도, 향수 냄새를 풍겨도, 입술에 틴트를 촉촉하게 바르고 있어도 아무런 반응이 없었다. 남자애들한테 거절만 해 온 나로서는 이 상황을 이해하기도 인정하기도 쉽지 않았다. 진하 샘이 나를 방 안의 가구 보듯 하는 이유는 하나뿐일 거다.

"선생님, 여친 있어요?"

나는 단도직입적으로 물었다.

"당연히 있지."

진하 샘은 내가 푼 문제를 검토하며 대답했다. 짐작하고 있었던 만큼 실망하지 않았다. 진하 샘 같은 남자에게 여자 친구가 없다는 게 오히려 이상한 일이다. 2등 했을 때 전의가 더 불타오르는 것처럼 진하 샘의 여친에게 투지가 끓어올랐다.

"예뻐요?"

"응, 예뻐. 쓸데없는 데 관심 갖지 말고 이 문제나 다시 풀어."

진하 샘은 여전히 날 쳐다보지도 않은 채 말했다. 그는 내가 고등학교 1학년이 되도록 한 번도 쓸데없는 데 관심을 가져 본 적이 없다는 사실을 모르는 모양이었다.

"얼마나 예쁜데요? 저보다 더요?"

그동안 내 가치에는 아직 값을 매길 때가 아니라고 생각해 왔다. 의대생이 된 다음 그에 걸맞은 남자 친구를 만나도 늦지 않는다. 나는 코앞의 즐거움을 놓지 못해 시간을 허비하는 애들이 한심해 보였다. 남들이 예쁘다고 추켜세워 주는 말에 넘어가 연애나 하고 다니는 박미나 같은 애들 말이다. 진하 샘을 사귄다고 해도 나는 관리를 철저하게 하고 공부도 계속해서 잘할 거다.

"나보다 더 예쁘냐고요."

나는 턱을 괸 채 도발하는 눈길로 진하 샘을 바라보았다. 이런 눈빛이면 아무리 예쁜 여친이 있다고 해도 흔들리겠지. 진하 샘이 피식 웃으며 대꾸했다.

"당연히 내 여친이 더 예쁘지. 훨씬 예뻐."

당연히? 훨씬? 도대체 얼마나 예쁘길래. 진하 샘의 여자 친구에게 맹렬한 질투를 느꼈다.

"언제부터 사귀었어요?"

샘도 그동안은 공부하느라 바빴을 테니 이제 겨우 사귀기 시작했을 거다. 역사로 쳐도 나나 그 여자나다.

"오래됐어."

추측이 빗나갔다.

"씨씨예요?"

사귄 기간은 몰라도 성적은 더 좋을 자신이 있었다.

"대학생 아니야."

"네? 그럼 재수생이에요?"

진하 샘은 대답하지 않았다. 내 추측이 맞는 것 같다. 샘과 연애하다 대학에 떨어졌나 보다. 그럼 의리상 딴마음 먹기 힘들겠지. 하지만 그 무엇도 영원한 건 없다.

"이제 내 여친한테는 신경 끄고 얼른 57쪽까지 다 풀어. 자꾸 그렇게 딴짓하면 한 문제 틀릴 때마다 숙제 한 장씩 더 늘린다."

진하 샘이 엄한 투로 말했지만 신경이 꺼지질 않았다.

"얼마나 예쁜지 한번 보여 줘 봐요."

나는 책상 위에 놓인 진하 샘 휴대폰을 가리켰다.

"싫어."

"왜요?"

"남 보여 주기 아까워. 모혜나! 네가 말한 대로 나중에 괜찮은 사람 만나려면 얼른 문제나 풀어."

진하 샘은 끄떡도 하지 않았다.

그 뒤에도 끈질기게 여자 친구에 대해 떠보고 유혹하는 눈길을 보냈으나 샘은 과외 교사 역할에만 충실했다. 문득 애인이 또래인 재수생이 아니라 직장에 다니는 연상녀인가, 하는 생각이 들었다. 그 추측이 더 맞는 것 같았다. 그러니까 내가 아무리 여자인 척 굴어도 어린애로 보여 마음이 움직이지 않는 거다. 생물학적 나이야 어쩔 수 없지만 성숙해 보이면 진하 샘 마음이 흔들릴 수도 있다. 사랑은 움직이는 거니까.

나는 볼륨 패드를 넣어 가슴이 한결 풍만해진 거울 속의 내 모습을 흡족한 마음으로 바라보았다. 작전의 효과가 바로 나타났다.

“어, 오늘 뭔가 달라 보이는데?”

진하 샘이 나를 보자마자 고개를 갸웃거렸다.

‘앗싸!’

나는 속으로 환호성을 질렀다.

문제 풀이를 가까이에서 본다는 핑계로 그의 곁에 앉은 나는 조금도 조심하지 않고 몸을 숙여 가슴골이 드러나 보이게 했다. 머리를 쓸어 올려 목덜미를 드러내기도 하고 숨결이 느껴질 정도로 얼굴을 가까이 들이대기도 했다. 그러다 슬그머니 어깨에 머리를 기대려는 순간 진하 샘이 일어섰다.

“화장실에 좀 갔다 올 테니까 문제 풀고 있어.”

머쓱해져 책에 고개를 박았던 나는 곧 화가 치밀어 필통을 바닥에 내팽개쳤다. 펜들이 사방으로 굴렀다. 별수 없이 펜들을 주우러 일어서는데 진하 샘 휴대폰 진동음이 울렸다. 그때 뜬 휴대폰 바탕 화면을 보는 순간 기절할 뻔했다.

말도 안 돼. 진하 샘과 얼굴을 맞댄 채 웃고 있는 여자는 봄이였다. 부들부들 떨리는 손으로 휴대폰을 집어 드는데 진동음이 멈추고 화면도 꺼졌다. 믿고 싶지 않았지만 분명히 우리 반 봄이였다. 그리고 둘의 사진에는 하트가 둥둥 떠 있었다.

아이들이 떠들어 대는 봄이의 러브 스토리가 떠올랐다. 외모가 안 되면 공부로라도 만회할 생각은커녕 허풍이나 떨어 대는 봄이가 한심했다. 저래서야 평생 을의 인생을 살 게 분명하다고 생각했다. 그런 애에게 놀아나는 아이들도 나을 건 없었다. 관심을 두지 않았는데도 봄이가 자기 남친이 잘생긴 한영대 경제학과 1학년생이라고 말한 게 생각났다. 그 남친과 키스도 하고 스킨십도 한댔다. 샘의 휴대폰을 제자리에 놓는 손이 떨렸다.

진하 샘이 돌아왔지만 나는 아무것도 묻지 않았다. 과학고생이라는 거짓말이 들통나는 것보다 봄이가 그의 여자 친구라는 사실을 인정하는 게 더 자존심 상했다. 나는 진하 샘과 함께하는 마지막 과외라고 생각하면서 남은 시간을 견뎠다. 그리고 엄마한테 과외 샘이 자꾸 실없는 농담이나 하며 시간을 때우려 든다고 말했다. 나는 가질 수 없는 그를, 원래 그의 자리인 을의 위치로 돌려놓았다.

거기까지 정신없이 읽은 나는 머릿속이 얼얼해졌다. 은성이의 소설은 우리 반 아이들에게 실제로 그런 일이 벌어지고 있는 것처럼 구체적이고 사실적이었다. 그런데 은성이의 뛰어난 재능과 상상력을 감탄만 하기에는 무언가 찜찜했다.

은성이는 왜 이 소설을 썼을까? 이 소설로 뭘 말하고 싶은 걸까? 소설에 등장하는 아이들은 담임인 내가 파악하고 있는 모습과는 사뭇 달랐다. 인간의 내면에 깃든 악마적 속성이나 보편적 심리를 다루고 싶었던 걸까? 아니면 반 아이들의 이면을 통해 자신들의 현실을 그리고 싶었던 걸까? 모든 게 안개 속처럼 뿌옜다.

나는 머리를 흔들어 생각들을 털어 냈다. 이름과 비슷한 설정 때문에 자꾸 실제 인물을 대입시켜서 그렇지 이 글은 모두 허구다. 소설은 이제 얼마 남지 않았다. 마지막까지 읽으면 해답을 찾을 수 있겠지.

10321, 드디어 그동안 이야기의 중심에 있었던 봄이다.

10321

해후

크리스마스 방학이 시작됐다. 나는 방학이 끝나도 학교에 가지 않는다. 이미 친구와 선생님 들과도 작별 인사를 나누었다. 아빠가 본사로 복귀하게 돼 한 달 뒤 한국으로 돌아가기 때문이다.

4년 전, 엄마는 아빠가 영어권 나라가 아닌 체코로 발령 난 것을 몹시 못마땅해했다. 그때는 아빠 혼자 가라고 했을 만큼 불만이던 엄마가 이번에는 체코에 남고 싶어 했다. 가장 큰 이유는 나 때문이었다.

"솔이는 아직 초등학생이니까 괜찮아도 봄이가 지금 가서 어떻게 한국 고등학교 애들을 따라가? 그리고 여기선 다 무료지만 한국에 가면 사교육비도 만만치 않을 텐데."

엄마는 한국의 경쟁적인 교육 환경에서 우리 뒷바라지를 할 자신이 없다고 했다. 그리고 무뚝뚝하긴 해도 순박하고 검소한 체코 사람들과 그 문화가 좋다면서 아빠에게 회사를 그만두고 체코에서 살자고 했다.

"한국에 가도 몇 년 못 다니고 명퇴당할 수 있잖아."

엄마는 한국 관광객을 상대로 하는 한국 음식점이나 민박집을 차리겠다는 구체적인 사업 계획까지 세웠다. 나도 한국으로 돌아가고 싶지 않았다. 하지만 아빠는 회사를 그만둘 생각도, 가족과 떨어져 살 마음도 없다고 했다. 심란해하던 엄마는 막상 떠날 날짜가 가까워지자 고국에 대한 그리움을 새록새록 되살리며 설레했다. 반대로 나는 점점 더 불안해졌다. 공부 때문만이 아니었다. 사실 나는 한국에서 좋았던 기억이 많지 않았다.

어려서부터 내 별명은 언제나 몸과 관련이 있었다. 피아노를 잘 쳐도, 시험을 백 점 맞아도, 다른 아이들을 잘 도와줘도 나는 언제나 뚱뚱한 걸로 놀림을 당했다. 놀리려는 의도가 없는 사람들도 나를 가리킬 때면 '뚱뚱한 애'라고 했다. 누가 보든 내게서 가장 눈에 띄는 특징은 그거였다. 그렇게 불리는 게 익숙해질 때쯤 체코로 왔다. 체코에선 내가 '동양인'이라는 점이 더 눈에 띄는 듯했다. 그런데도 나는 뚱뚱한 몸이 나를 규정짓는 특징이라는 생각에서 벗어나지 못했다.

체코 말에 귀가 조금씩 열리고 학교가 재미있어지기 시작한 7학년 2학기 사회 시간에 몸에 관한 수업을 들었다. 첫 시간에 담당 교사인 미즈 소바가 우리에게 질문을 던졌다. 거울을 볼 때 누구의 눈으로 자신의 몸을 보는지. 아이들은 다 자기 눈으로 본다고 대답했다. 나 또한 그랬다.

미즈 소바는 자기 눈에 비친 '내 모습'을 글로 묘사해 보라고 했다. 뚱뚱하고 예쁘지도 않은 여자아이. 그게 내가 바라본 나의 모습이었고, 어디에 가서 무엇을 해도 따라다닐 그림자 같은 말이었다. 나는 한국에서 받았던 상처를 다시 오롯이 느꼈다.

선생님은 또 우리가 좋아하는 것, 잘하는 것, 우리 몸으로 할 수 있는 것들을 적어 보라고 했다. 피아노, 자전거, 인라인스케이트, 요리, 독서, 솔이와 베개 싸움하기, 아빠와 팔씨름하기……. 내가 내 몸으로 할 수 있는 것들은 아주 많았다.

다른 아이들도 마찬가지였다. 축구, 평행봉, 수영, 태권도, 춤, 노래, 저글링……. 다 말할 수 없을 정도였다. 발표할 때 어떤 아이가 '커다란 쿠키 한입에 먹기'라고 해서 웃느라 한바탕 시끄러웠다.

미즈 소바가 질문을 던졌다.

"우리가 좋아하는 음식을 먹기 위한 이에 대해 우리는 치열이 고른지, 치아 간격이 어떤지, 너무 튀어나오거나 들어가지는 않았는지를 왜 더 신경 쓰는 걸까요?"

수업이 거듭되면서 실은 우리가 남의 시선을 통해 자기 자신을 보아 왔음을 깨달았다. 나는 내가 좋아하는 것들을 얼마든지 잘할 수 있는 몸을 가지고 있었다. 그런데 나는 내 몸을 뚱뚱하다고만 규정했다. 내 손가락은 피아노 건반 위에서 아름다운 선율을 만들어 내고, 내 팔은 아빠와 팔씨름을 하며 즐겁고 행복한 추억을 만든다.

어렸을 적 일이 떠올랐다. 아빠는 뺨이 통통한 나를 만두라고 불렀다.

"아빠가 오늘은 고기만두가 먹고 싶은데."

그러면 나는 내 볼에서 만두를 꺼내 주는 시늉을 했다. 음식이 점점 늘어나 수박이나 멜론이 먹고 싶다고 하면 볼록한 배에서 꺼내 주었고, 사과가 먹고 싶다고 하면 단단한 머리에서 꺼내 주었다. 그러면 아빠는 그 음식을 맛있게 먹는 시늉을 하며 피곤이 다 풀린다고 했다. 나는 통통한 내 몸이 재미있고 좋았다.

그런데 학교에 들어가 아이들에게 놀림당하면서부터 부끄러워지기 시작했다. 초등학생이 살을 뺀다며 밥을 굶기도 하고 줄넘기를 몇백 번씩 하기도 했다. 엄마와 한의원에 가서 침까지 맞았지만 효과는 없었다. 나는 날씬한 엄마가 아닌 통뼈에 물만 먹어도 살이 찐다는 아빠 쪽 유전자를 닮은 걸 원망하며 자랐다.

미즈 소바는 뚱뚱한 빌렌도르프의 비너스 상을 보여 주며 시대에 따라 미의 기준이 달라졌음을 알려 주었다. 우리는 특히 여성의 몸에 가해지는 차별과 억압에 대해서도 공부했다. 한 학기 내내 몸에 대한 탐구와 토론과 활동 들을 하며 자기 몸을 이해하고, 존중하고, 사랑하는 법을 알아 갔다. 그리고 내 개인의 몸에서 출발한 관심은 더 넓은 곳으로 확장해 나갔다.

8학년부터는 환경운동 동아리를 만들어 활동했고 채식에도 관심을 갖게 됐다. 건강한 몸을 위해 스케이트부에 들어가 대회까지 나갔다. 비록 순위권엔 들지 못했지만 친구들과 연습하고 즐기며 경쟁했던 일은 언제 떠올려도 반짝거리는 추억이 됐다. 그리고 지난 9월, 한국의 고등학교라고 할 수 있는 김나지움에 입학했다. 나는 아직 뚜렷한 장래 희망을 정하지 못했다. 하고 싶은 게 많아서다. 앞으로 무엇을 하든 겉모습이 아닌 내 안에 있는 진심이나 진실로 인정받고 싶었다.

그런데 갑자기 한국으로 돌아간다고 했다. 내가 가고 싶어 하지 않자 엄마 아빠는 나 혼자 남는 것도 진지하게 고민했다. 하지만 가족과 떨어져 혼자 지낼 자신이 없었다. 결국 돌아가기로 마음먹는 순간 가장 먼저 떠오른 건 지금까지 다져 왔던 생각들이 무색하게도 내 몸이었다. 그동안 잊고 지냈던 일들이 생각났고 날 놀려 대던 아이들 목소리나 몸짓까지 생생하게 떠올랐다. 뉴스나 SNS를 보면 한국은 여전히, 어쩌면 더 겉으로 보이는 것들에 집착하는 사회가 된 것 같았다. 고등학생들이니 어릴 때처럼 노골적으로 굴진 않겠지만 나 또한 말하지 않는 속내나 눈빛을 읽을 줄 알 만큼 성장했다. 그게 더 큰 상처가 되지 않을까? 나는 걱정스러운 나머지 진하 오빠의 방문조차 달갑지 않을 정도였다.

오빠와 나는 학교는 다르지만 같은 피아노 학원엘 다녔다. 진하 오빠는 수줍음을 많이 타는 성격인데도 내가 말을 걸면 대꾸도 잘해 주고 장난도 잘 받아 줬다. 나는 4학년, 진하 오빠는 6학년이었지만 피아노는 내가 더 잘 쳤다. 원장님이 엄마에게 계속 시키라고 했을 만큼 나는 피아노에 진심이었다. 피아노를 칠 때면 내 손과 마음이 건반 위에서 자유롭게 춤을 추는 느낌이었다.

함께 경연 대회에 나가면서 우리 엄마와 오빠네 엄마도 서로 만나게 되었다. 엄마들은 이야기를 나누다 둘이 같은 초등학교에 다닌 적이 있음을 알고 친해졌다. 오빠와 나는 대회 이후 오히려 서먹한 사이가 됐는데 엄마들끼리는 계속 가깝게 지냈고, 체코로 온 뒤에도 종종 연락을 주고받았다.

오빠가 우리 집에 오는 것도 엄마가 적극적으로 권해서였다. 엄마는 배낭여행 중인 진하 오빠가 프라하의 게스트 하우스에서 묵을 거라고 하자 펄쩍 뛰었다.

“여기까지 왔는데 다른 데서 자는 게 말이 돼? 그러면 나, 진짜 서운하다.”

한국에서 왔던 친척, 지인, 아빠 회사 사람들 접대에 힘들어했던 엄마는 이제 돌아간다고 하니 손님맞이까지 좋은 모양이었다. 하지만 나는 그동안 우리 집에 와서 묵었던 어떤 손님보다 진하 오빠가 불편했다. 그와 한집에서 지내며 화장실을 같이 쓰고, 씻고, 밥 먹다가는 체할 것 같았다. 반대하는 눈빛을 쏘아댔지만 엄마는 알아차리지 못했다.

통화하던 엄마 얼굴이 갑자기 심각해지는 바람에 나는 더는 불만을 드러내지 못했다. 그리고 엄마와 진하 오빠네 엄마의 대화 내용에 귀를 기울이게 됐다. 얼핏얼핏 들리는 내용으로는 여행 전 모자 사이에 뭔가 갈등이 있었던 듯했다. 내 기억으로 아줌마는 극성 엄마 쪽이었고 오빠는 순둥순둥한 범생이 스타일이었다.

"그래도 수시로 일찌감치 척 붙었으니 얼마나 효자야. 그 생각하면서 마음 가라앉혀. 진하도 여행 마치고 돌아가면 마음이 풀려 있을 거야."

엄마가 부러운 얼굴로 말했다.

2주 동안 혼자 독일과 오스트리아를 여행한 진하 오빠는 프라하에서 크리스마스를 보낸 뒤 한국으로 돌아갈 거라고 했다. 엄마는 한동안 한국 음식을 먹지 못했을 오빠를 위해 한국 식료품점에 가서 사 온 재료들로 잡채와 갈비찜을 만들었다.

한국에서 사람들이 오는 걸 좋아하는 솔이는 흥분 상태였다. 선물이나 용돈 때문이기도 하지만 그보다는 손님이 머무르는 동안 잔칫집 분위기가 되기 때문이다. 하지만 나는 아무리 많은 선물과 용돈을 받아도 한국에서 오는 손님들이 좋지 않았다. 나를 바라보는 시선들 때문이었다.

사람들은 대놓고 내 몸무게를 묻거나 흘깃거리거나 돌아서서 혀를 차기도 했다. 그런 일을 며칠 겪다 보면 아물었다고 여겼던 내면의 상처가 다시 도졌다. 엄마 역시 손님들이 돌아간 뒤 한동안 식단을 바꾸고 내가 뭘 먹을 때마다 칼로리를 계산하곤 했다. 그런데 친척도, 엄마 아빠 친구도, 아빠 본사 직원도 아닌 진하 오빠가 온다. 그의 시선에 나는 더 예민해질 테고 작은 것에도 큰 상처를 입게 되겠지. 그러면 나는 허물어진 채 한국에 가게 될지도 모른다. 나는 마음을 단단히 걸어 잠근 채 오빠를 대하리라 결심했다.

진하 오빠가 왔다. 오스트리아 빈에서 넘어오는 그를 아빠가 퇴근길에 중앙역에 가서 태워 왔다. 아빠와 함께 문으로 들어선 그는 여행 끝이라 그런지 지쳐 보였고 몰골도 꾀죄죄했다. 우리는 현관에서 오빠를 맞았다. 분명히 반갑지 않았는데 심장이 쿵쿵 뛰었다. 비슷한 또래 남자에 대한 무조건적인 반응인지, 진하 오빠에 대한 특별한 감정인지 헷갈렸다. 가족 중 가장 먼저 나와 눈이 마주친 오빠가 얼른 시선을 피했다. 나는 내 몸 반쯤을 어디론가 숨기고 싶었다. 그는 엄마에게 꾸벅 인사를 했다.

"어서 와! 멋진 청년이 돼서 나타났네!"

엄마의 호들갑스러운 환대가 없었으면 정말 어색할 뻔했다.

"진하, 배고플 거야. 어서 밥부터 먹자고."

아빠가 말했다.

"손부터 씻어야지."

끼어들 기회를 노리고 있던 솔이가 단호하게 말하는 바람에 다들 웃음이 터졌다. 덕분에 분위기가 조금 풀어졌고 솔이는 의기양양하게 오빠를 욕실로 안내했다.

잠시 뒤, 다 함께 식탁에 둘러앉았다. 아빠가 식탁 머리에 앉고 오빠는 솔이와 같은 쪽에(솔이가 냉큼 그의 옆자리를 차지했다.), 엄마와 나는 맞은편에 앉았다. 그의 자리가 내 바로 맞은편이 아니라 다행이었다.

밥을 먹으면서 나도 모르게 자꾸 오빠를 훔쳐봤다. 한국에서 온 손님들이 나를 볼 때 그랬던 것처럼. 수줍음을 타는 모습에 함께 피아노 연습을 하던 소년이 남아 있었다. 심장이 뛰는 건 또래 남자여서가 아니라 서진하, 그여서였다. 오빠는 지금 이 상황이 얼마나 어색할까. 나는 엄마 아빠가 이상한 질문을 하고 솔이가 귀찮게 굴까 봐 조마조마했다.

"수능 봤으니까 이제 맥주 마셔도 되나?"

아빠가 맥주병 뚜껑을 따며 오빠에게 물었다. 나는 식탁 밑에서 엄마 발을 꾹 밟았다. 아빠를 말리라는 신호였다.

“집에서 마시는 건데 어때. 합격 축하도 해야지.”

엄마는 내 신호를 무시한 채 한술 더 떴다.

“네, 한잔 주십시오.”

말 한마디 못 하고 쭈뼛댈 줄 알았는데 오빠는 넉살 좋게 맥주잔을 내밀었다. 그 순간, 눈앞의 그는 추억 속의 소년에서 청년으로 성큼 자랐다. 심장이 더 크게 뛰었다. 아빠가 오빠의 컵에 맥주를 따라 주었다. 맥주 컵을 입으로 가져가는 그와 또 눈이 마주쳤다. 나는 맥주를 마시는 그의 목울대가 움직이는 걸 훔쳐보았다. 아, 벌써부터 허물어지고 있다. 이렇게 자주 심장이 떨리는데 어떻게 견딜 수 있을까. 호기와 달리 오빠는 맥주 한 잔에 얼굴이 새빨개지고 흥도 조금 오른 듯했다. 덕분에 좀 편해진 것 같아 내 마음도 놓였다.

한국에서의 좋은 기억엔 진하 오빠와 연관된 것들이 많았다. 피아노 학원에서 오빠는 한 번도 날 놀린 적이 없었다. 항상 따뜻하고 친절했다. 한국을 떠나기 전 마지막으로 봤던 날도 생각났다. 엄마랑 솔이와 함께 진하 오빠네 집에 갔었다. 오빠네 엄마가 점심을 해 준다고 초대했던 것 같다.

오빠는 친구들과 야구를 하러 가서 집에 없었다. 언제 또 볼지 모른다는 생각에 서운했다. 그러다 점심을 먹고 놀고 있을 때 오빠가 돌아왔다. 그런데 내가 반가워하는 것도 모르는 체하며 겨우 인사만 하고 자기 방으로 들어가선 우리가 갈 때까지 나오지 않았다. 그러고 4년 만이다. 어쩐지 지난 4년 내내 진하 오빠를 생각하며 좋아하는 마음을 키워 온 것만 같았다.

그날 밤 나는 앨범을 꺼내, 턱시도와 드레스를 갖춰 입고 피아노 앞에 앉아 있는 소년과 소녀의 사진을 들여다보았다. 나는 여전히 뚱뚱한데 오빠는 훤칠한 청년이 돼 있었다.

크리스마스 휴가

크리스마스 휴가 동안 엄마 아빠에겐 환송회를 겸한 모임이 줄지어 있었다. 그래서 내가 진하 오빠에게 프라하를 안내해 주기로 했다.

"봄이가 웬만한 가이드보다 나을 거야."

아빠 말은 사실이었다. 그동안 한국에서 친척들이 왔을 때도 프라하 안내는 내 담당이었다. 시내의 거리, 광장, 골목, 언덕……. 우리 가족 중 나만큼 프라하 구석구석을 잘 아는 사람은 없었다. 하지만 나는 오빠에게 말했다.

"혼자 다니고 싶으면 그렇게 해도 돼요. 지도에서 가 볼 만한 곳 체크해 줄게요."

프라하 어디에나 전 세계에서 온 젊은이들로 넘쳐흐른다. 그런 곳을 나와 함께 다니고 싶지 않을지도 모른다.

"그동안 지겹도록 혼자 다녀서 이젠 싫은데. 괜찮으면 안내 좀 부탁해. 혹시 네가 바빠서 그래?"

오빠의 말이 채 끝나기도 전에 나는 얼른 고개를 저었다. 너무 빨리 반응한 것 같아 민망할 정도였다.

"그럼 네가 좀 데리고 다녀 주라. 맛있는 거 사 줄게."

세상이 핑크빛으로 물드는 것 같았다. 이러고 싶지 않은데, 이래서는 안 되는데, 내 마음을 어쩔 수가 없었다.

우리는 아침을 먹고 집을 나섰다. 찬 바람이 온몸을 파고들었다. 패딩을 입으면 더 뚱뚱해 보일까 봐 니트로 된 코트를 입어서였다. 그나마 귀를 덮는 모자를 쓴 게 다행이었다. 오빠가 내 모습을 위아래로 훑어보았다. 가슴이 철렁 내려앉았다.

'내 모습이 너무 별론가?'

그런데 그가 자기 목도리를 풀어 내 목에 둘러 주었다.

"넌 프라하에 살아서 괜찮은지 모르겠지만 내 눈엔 너무 추워 보여서 안 되겠다."

머리 위에서 들리는 그의 목소리와 목도리를 둘러 주는 손길에 정신이 아득해졌다.

"오빠도 추울 텐데……."

나는 겨우 정신을 붙들며 말했다.

"목티 입어서 괜찮아. 그리고 차라리 내가 추운 게 나아."

목도리 하나 더 했을 뿐인데 금세 온몸이 따뜻해졌다.

"자, 이제 어디로 갈 건지 안내해 주세요, 가이드님."

오빠가 장난스레 말했다. 둘만 되자 그의 표정과 말투는 훨씬 편안하고 자연스러워졌다.

"사실 프라하는 그리 넓지 않아서 유명한 곳만 보려면 하루로도 충분해요."

내게는 관광지 위주로 짜 둔 코스가 있었다. 바츨라프 광장에서 출발해 구시가 광장, 천문 시계탑과 킨스키 궁전 그리고 화약 탑과 카를 다리를 거쳐 프라하성과 미술관에 갔다가, 연금술사들이 살았고 카프카의 작업실이 남아 있는 황금소로로 마무리 짓는 일정이었다. 열심히 설명하다 그가 날 빤히 보고 있음을 깨닫곤 멋쩍어졌다.

"이…… 코스 어때요?"

나는 목을 움츠리며 물었다.

"진짜 가이드 같다. 그런데 말 편하게 하면 안 될까? 옛날에는 막 반말하고 장난도 치고 그랬잖아."

예전처럼 스스럼없는 오빠 동생 사이처럼 지내자는 말 같아 조금 서운했다. 나는 약간의 거리가 만드는 복잡하고 미묘한 감정에 설렜지만 존댓말을 고집하기도 어려웠다.

"그럴게요. 아, 그럴게."

오빠와 나는 나란히 걷기 시작했다. 초등학생이었던 우리가 이렇게 자라서 함께 프라하 거리를 걷고 있다는 게 너무 신기했다.

"며칠 있을 거니까 우리 너무 바쁘게 다니지 말자. 너는 어디를 제일 좋아해?"

오빠가 물었다. 그동안 유명한 곳을 묻는 사람은 많았지만 내가 좋아하는 곳을 묻는 사람은 처음이었다.

"킨스키 궁전이랑 황금소로, 그리고 비셰흐라드 언덕이요. 아참."

나는 또 존댓말을 했음을 깨닫고 말을 멈추었다. 그가 빙그레 웃었다. 나는 마음의 준비를 한 다음 말을 이어 나갔다.

"구시가 광장에 가면, 킨스키 궁전이 있는데 카프카가 다녔던 김나지움으로 사용되기도 했어. 지금은 미술관으로 쓰이고 있고. 황금소로에는 카프카의 작업실이 아직 남아 있어. 거긴 관광객이 덜 붐빌 때 가는 게 좋아."

관광객이 뜸해진 시각에 작은 집들이 다닥다닥 붙어 있는 황금소로를 걷노라면 어디에선가 연금술사가 금을 만들기 위해 커다란 냄비 속을 젓고 있을 것만 같았다. 또 모퉁이를 돌면 사색에 잠겨 걷고 있는 카프카와 마주칠 것도 같았다.

"카프카? 「변신」 쓴 프란츠 카프카?"

"응, 오빠도 알아?"

그의 입에서 카프카의 작품까지 나오니 반가웠다.

"한국에서 수능 보려면 카프카 정도는 당연히 알아야지."

그가 자신만만한 표정으로 말했다.

카프카의 소설 「변신」을 처음 읽었을 때 나는 벌레로 변한 그레고르 잠자가 나 자신처럼 여겨져 눈물을 펑펑 흘렸다. 그때부터 카프카가 좋아져서 (어려워서 잘 이해하지 못하면서도) 다른 작품을 찾아 읽고 그의 생애와 흔적에 대해 관심을 갖게 됐다. 프라하가 더 좋아진 것도 카프카 때문인데 진하 오빠가 안다고 하니 기쁠 수밖에 없었다.

"「변신」 말고 또 뭐 읽었어? 일기나 연인한테 쓴 편지 읽어 봤어?"

자신 있는 표정이던 그는 갑자기 쑥스러워했다.

"아, 실은 그냥 이름만 아는 정도야. 「변신」은 읽었던 것 같긴 한데 주인공이 아침에 눈 뜨니 벌레로 변했다는 것밖에 기억이 안 나."

"뭐야, 난 오빠도 카프카를 좋아하는 줄 알았네."

"내가 카프카를 좋아했더라도 수능에 나왔으면 시험 끝나자마자 잊어버렸을걸. 아무리 좋아해도 시험하고 연관된 거면 다 잊어버리고 싶다니까."

오빠 말을 조금은 이해할 수 있었다. 프라하에 살고 있지만 인터넷이나 엄마와 아빠, 친척, 또는 손님들을 통해서 한국의 대학 입시에 대해 어느 정도는 알았다. 2년 전, 재수를 결정하고 며칠 놀러 왔던 사촌 언니는 한국으로 돌아가기 싫다고 했다. 다시 수능 준비를 할 생각하니 끔찍하다고도 했다. 나도 머잖아 한국 고등학교에 다니게 된다. 나는 대학교 입시를 위해서가 아니라 이 나이에 배워야 할 것, 누려야 할 것, 즐겨야 할 것들을 하며 학교에 다니고 싶다. 그럴 수 있을까? 아, 걱정은 그때 가서 하기로 하고 지금은 오빠와 함께 있는 시간을 즐기고 싶다. 반말로 대화를 하니까 한결 더 가까워진 느낌이 들었다. 그가 원하는 건 그저 스스럼없는 오빠 동생 사이일 테지만.

"그래도 네가 좋다니까 다시 제대로 읽어 보고 싶다. 한국 가면 꼭 읽어 볼게."

오빠는 그 말을 지킬 것 같았다.

우리는 트램을 타고 바츨라프 광장으로 갔다. 관광 첫날이니 우선 유명한 곳을 둘러보기로 했다. 추운 날씨인데도 광장에는 사람들이 많았다. 나는 평소와 달리 자꾸 지나가는 여자들이 눈에 들어왔다. 날씬한 허리와 가늘고 긴 다리를 가진 여자들은 나와 비교가 됐고 뚱뚱한 여자들은 내 모습을 비추는 거울 같았다. 그런 생각 때문에 자꾸 그의 표정을 살피게 됐다. 오빠는 낯선 곳에 처음 온 관광객답게 호기심 넘치고 즐거워 보였다. 그동안 혼자만 다니다 이렇게 설명까지 들으면서 따라다니니 너무 편하고 좋다고 했다. 나는 그가 여자들이 아닌 유적과 풍경만 보기를 바랐다.

프라하의 랜드마크라고 할 수 있는 천문 시계탑을 보고 수백 년의 역사를 지닌 거리를 지나 카를 다리에 이르렀다. 동상들이 나열돼 있는 다리 위에는 거리의 악사들이 음악을 연주하고 화가들이 초상화를 그려 주거나 그림을 팔았다. 다리 아래로는 블타바강이 흐르고 건너편 언덕에 프라하성이 보였다. 그리고 언제나처럼 요한 네포무크 동상 앞에는 소원을 비는 사람들이 줄지어 서 있었다. 오빠가 그 이유를 물었다.

“네포무크 동상을 만지면서 소원을 빌면 그 소원이 이루어진다고 해.”

나는 그가 코웃음을 칠 줄 알았다. 그동안 한국에서 온 남자들은 하나같이 그랬다. 그런데 오빠는 줄을 서서 차례가 오길 기다렸다가 동상을 어루만졌다. 진지한 모습이 오히려 우스울 정도였다. 돌아선 그에게 무슨 소원을 빌었는지 묻자 비밀이라고 했다. ‘비밀’이라는 말이 성큼 다가섰던 마음을 반 발자국 물러서게 했다.

다리 위엔 마리오네트 공연을 하는 사람도 있었다. 나무로 만든 꼭두각시 인형인 마리오네트는 팔다리 등에 매달린 줄을 사람이 조종해서 움직이게 한다. 마리오네트의 움직임은 인형사의 실력에 따라 큰 차이가 있었다. 그 앞에서 걸음을 멈춘 오빠는 재미있어하며 인형이 기타 치는 걸 구경했다. 나는 가이드답게 그에게 역사 시간에 배운 이야기를 들려주었다.

마리오네트 인형극은 국립 마리오네트 극장뿐만 아니라 수백 개의 극단이 있을 정도로 체코의 유명한 문화유산이다. 체코는 몇백 년간 오스트리아의 지배를 받았다. 사람들은 강제로 독일어를 써야 했지만 마리오네트 인형극에서만큼은 체코어를 쓰는 게 허용되었다고 한다. 그 때문에 체코 사람들은 그들의 말과 문화를 지킨 마리오네트 공연에 대한 자부심이 컸다.

“프라하 검색하면 마리오네트 인형이 많이 뜨는 이유가 있었네. 근데 봄이 너, 귀에 쏙쏙 들어오게 설명 잘한다.”

인터넷을 검색해 보면 알 수 있는 내용들인데 그가 칭찬해 주자 어깨가 으쓱해졌다.

오빠는 다리 근처에 있는 마리오네트 인형 상점을 보곤 들어가 보자고 했다. 갖가지 모습의 마리오네트로 가득한 가게에선 장인이 직접 나무를 깎아 인형을 만드는 광경을 볼 수 있었고 때때로 간이 공연도 했다.

“와, 대단하다. 그런데 똑같이 생긴 인형이 하나도 없네.”

벽에 걸린 마리오네트들을 보며 그가 감탄했다.

“그렇지? 멀리서 보면 같아 보이는 것도 가까이에서 보면 다 달라. 일일이 손으로 만든 거라 다 각각의 개성이 있는 거 같아.”

오빠는 인형들을 하나하나 유심히 살펴보았다. 손님이 많아지자 상점 안의 간이 무대에서 공연이 펼쳐졌다. 턱시도 차림인 마리오네트가 피아노를 연주하며 노래하는 내용으로 구성된 공연이었다. 인형사는 줄을 이용해 마리오네트를 자유자재로 조종했다. 인형사의 조종에 따라 인형은 손발뿐 아니라 눈과 귀까지 정교하게 움직였다. 마리오네트의 여러 익살스러운 몸짓에 관광객들은 웃으며 호응했고 인형사에게 갈채를 보냈다. 사진을 찍거나 동영상 촬영을 하는 여느 사람들과 달리 오빠는 잠자코 서서 보기만 했다. 나는 공연 장면을 찍는 척하면서 그의 모습을 내 휴대폰에 저장했다.

마리오네트 구경을 하고 노점에서 점심을 먹기로 했는데 갑자기 오빠가 식당으로 가자고 했다.

"왜? 길거리 음식 먹어 보고 싶다고 했잖아."

말은 그렇게 했지만 나는 오빠의 말이 너무 반가웠다. 그에게 예쁘게 보이려고 신고 나온 구두 때문에 아까부터 발이 아팠다.

"뭐, 그건 나중에도 먹을 수 있잖아. 춥다. 다리도 아프고."

그의 시선이 얼핏 내 발을 스치고 지나갔다. 내가 발 아픈 티를 냈었나? 어쨌든 오빠가 신경 써 주는 게 좋았다.

식당을 찾아 들어간 우리는 직원이 안내해 준 테이블에 앉았다. 창틀에 아기자기한 크리스마스 소품들을 늘어놓은 창가 자리였다. 우리는 겉옷을 벗고 목도리를 풀어 옆 의자에 걸쳐 놓은 뒤 메뉴를 골랐다. 오빠는 소고기가 들어간 굴라쉬를, 나는 해산물 파스타를 주문했다. 마주 앉아 음식을 기다리려니 새삼스레 어색했다. 그도 그런지 식당 안을 둘러보았다. 벽에 마리오네트 인형들이 걸려 있었다.

음식이 나왔다. 식사를 하며 그는 내 학교생활에 대해 물었다. 나는 학교 대표로 청소년 스케이트 대회에 나갔던 걸 이야기했다. 결과와 상관없이 그날의 함성, 숨결, 바람은 생생하게 내 기억과 몸에 남아 있었다.

"학교 대표까지 했어? 대단하다! 나는 인라인스케이트랑 스키밖에 안 타 봤는데."

나는 또 그레타 툰베리의 활동에 감명받아 환경 동아리를 만들고 국회의사당 앞에 가서 시위했던 이야기도 들려주었다. 김나지움에서는 연극 동아리 활동했던 것도 신나서 얘기하다 나 혼자만 떠드는 것 같아 민망해졌다.

"내 이야기만 했네. 오빠는 고등학교 다닐 땐 어땠어?"

"음…… 난 공부밖에 한 게 없어서 해 줄 말이 없네. 이런저런 활동도 다 생기부 때문에 한 거라 기억에 남는 것도 없고. 그냥 어른들이 하라는 대로 공부해서 좋은 대학 가면 인생이 다 풀릴 거라고 생각했던 거 같아. 마리오네트 같았던 거지. 마리오네트도 실은 저렇게 생김새가 다 다른데……."

오빠는 한숨을 쉬며 벽에 걸린 마리오네트를 바라보았다. 그 표정이 어쩐지 슬퍼 보였다.

"그래서 그런지 네 얘기 들으니까 신기하고 부럽기까지 하다. 너는 남의 시선 신경 쓰지 않고 네가 하고 싶은 걸 하면서 사는 것 같아."

그가 나를 보며 말했다. 내가 그래 보인다고? 남의 시선 신경 쓰지 않고? 내가 지금 오빠 시선을 얼마나 의식하는지 모를 거다. 아무리 애를 써도 그의 눈에는 그저 '뚱뚱한 애'에 지나지 않을까 봐 얼마나 슬픈지.

나는 오빠의 의례적인 칭찬에 들뜨거나 내 감정에 휘둘리고 싶지 않았다.

"한국 고등학교나 입시 이야기 들으면 겁나. 전부 무슨 괴담 수준이야."

나는 화제를 돌렸다. 몸에 가려져 뒤로 밀려났던 공부에 관한 걱정이 떠올랐다. 한국에 가면 나도 꼼짝없이 줄에 매인 입시생 마리오네트로 살아야 할 것 같다. 하지만 한국행은 내 선택이다. 그 선택을 후회하지 않았으면 좋겠다.

내 말에 그는 자기가 있으니 걱정하지 말라고 했다.

"같이 학교에 다닐 것도 아닌데 너무 무책임한 말 아니야?"

"아니. 책임질 거야!"

그냥 하는 소리였겠지만 그래도 위안이 됐다.

다음 날은 기차를 타고 체코 남서쪽에 있는 중세 마을 체스키 크룸로프에 다녀왔다. 세월이 멈춘 듯한 그곳은 내가 프라하 다음으로 좋아하는 곳이다. 거리와 건물의 역사와 유래를 아는 대로 열심히 설명하고 있으면, 그는 웃음 띤 얼굴로 풍경이나 건물이 아니라 날 바라보고 있곤 했다. 우리는 함께 다니는 내내 쉴 새 없이 이야기를 나누었다. 별것 아닌 이야기도 그와 함께 하니 의미가 생기고 재미있어졌다.

여행 셋째 날은 따로 시간을 보내기로 했다. 오빠가 오기 전부터 패트릭과 점심을 먹고 스케이트장에 가기로 약속이 잡혀 있는 날이었다. 요즘 태권도에 흠뻑 빠져 있는 패트릭은 내 절친이다. 패트릭 아빠는 아빠네 회사의 현지 책임자다. 체코 생활에 적응하기까지 우리는 패트릭 가족의 도움을 많이 받았다. 나는 나와 동갑인 패트릭과 그의 누나 율리니크 덕분에 체코어를 빨리 배웠고 학교에도 잘 적응할 수 있었다. 나는 김나지움에, 공예가가 되려는 패트릭은 공예 학교에 들어가면서 헤어졌지만 우리는 여전히 연락을 주고받았고 가끔 만나기도 했다.

패트릭과의 작별식을 위해 화장도 하고 한껏 멋을 낸 뒤 집을 나섰다. 그런데 혼자 시내 구경을 하겠다며 먼저 나간 진하 오빠가 밖에서 기다리고 있었다. 자기도 스케이트장에 가고 싶다고 했다. 패트릭에게 미리 말하지 않은 터라 좀 난감했지만 그와 같이 있고 싶은 마음이 더 컸다. 나는 오빠와 함께 패트릭을 만나기로 한 패스트푸드점으로 갔다. 오빠는 나와 패트릭이 어떤 사이인지 물었다. 패트릭과 사귄다거나 패트릭이 날 좋아한다고 말할 수 있으면 좋겠지만 아쉽게도 우리는 친구 사이였다.

두 달여 만에 만나는 패트릭은 그사이 키가 더 자란 것 같았다. 셋이 말할 때는 오빠하고도 통하는 서툰 영어를 사용했지만 패트릭과 말할 때는 체코어가 편했고 오빠와 말할 때는 한국어가 편했다. 세 가지 언어가 뒤섞인 것처럼 셋의 만남도 약간은 어수선하고 복잡했다. 그리고 예상했던 대로 어색했다. 특히 중간에 낀 나는 이쪽저쪽 신경 쓰느라 힘들었다.

패트릭은 오빠에게 태권도 이야기를 꺼냈다. 얼마 전 검은 띠를 딴 패트릭은 한국 사람만 보면 태권도 이야기를 하지 못해 안달이었다. 오빠가 관심을 가져 주자 패트릭은 신이 나서 사진까지 보여 주며 자랑을 했다. 이제 그만 좀 하지, 하는 눈빛을 보내는데 오빠는 패트릭에게 언제 검은 띠를 땄느냐고 물었다. 내 친구라 예의상 관심을 보여 주는 게 분명했다. 패트릭이 세 달 전이라고 하자 오빠는 약간 으스대는 투로 자기는 초등학생 때 땄다고 했다. 이 유치함은 뭐지, 라는 생각이 드는데 패트릭의 검은 띠를 무시하듯 체코에서 딴 것도 공식적으로 인증을 받느냐고 물었다. 처음 보는 낯선 모습이었다. 혹시 원래 이렇게 유치하고 잘난 척하는 사람인가? 오랜 여행에 지쳐서 진짜 성격이 나오는 건지도 모른다. 원래 이런 사람이라면 차라리 좋겠다. 그럼 나도 마음을 정리하기가 쉬울 텐데.

점심을 먹은 뒤 스케이트장에 갔다. 나와 패트릭은 스케이트가 있었고 오빠는 돈을 주고 빌렸다.

"인라인스케이트랑 비슷하겠지?"

그가 패트릭 쪽을 슬쩍 보며 말했다. 스케이트를 타려니 패트릭의 태권도 실력을 무시했던 게 신경 쓰이는 모양이었다. 그런데 그 모습이 귀여워 보였다. 이봄, 정신 차리자.

"응, 비슷해. 나도 인라인스케이트만 타다가 여기 와서 처음 탔는데 어렵지 않더라고."

오래간만에 스케이트장에 오니 신이 났다. 오빠는 처음엔 몇 번 넘어졌지만 곧 잘 탔다. 나는 스케이트 타는 게 좋다. 빙판 위를 슥슥 미끄러질 때면 내 몸이 한없이 날렵하고 가벼워지는 것 같다.

두 시간이나 탄 우리는 스케이트장을 나와 노천카페에서 음료를 마셨다. 패트릭과 크리스마스 선물도 교환했다. 내 선물은 작별 인사 카드와 함께 직접 구운 쿠키였고, 패트릭 선물은 직접 만든 유리 백조였다.

"아직은 실력이 부족해. 나중에 더 멋지게 만들어 줄게."

우리는 헤어질 때 포옹한 채 뺨을 맞댔다.

"그동안 고마웠어. 잊지 않을게. 한국에 꼭 놀러와."

뭉클해진 나는 패트릭에게 말했다. 오빠가 끼어들어 한국에 오면 자기가 안내를 해 주겠다고 했다. 세계 태권도 본부라는 곳에도 데려가 주겠다고 하자 패트릭은 나를 팽개치듯 놓고 오빠를 와락 끌어안았다.

넷째 날, 그가 이제는 관광 명소가 아니라 내 일상이 담긴 곳들을 보고 싶다고 했다. 우리는 하얀 입김을 내뿜으며 내가 다녔던 학교, 서점, 공원, 거리, 골목 들을 돌아다녔다. 오빠는 그곳에서 보냈던 시간들을 이야기해 달라고 했다. 비에 젖어 지붕의 붉은색이 더욱 깊은 색으로 빛나던 프라하의 첫인상부터 이야기했다. 그러자 즐겁고 행복했던 기억은 물론 힘들고 슬펐던 기억까지도 추억이 돼 가슴에 고스란히 남아 있음을 느꼈다.

이야기를 나누며 걷다가 힘들면 아무 곳에나 앉아 쉬었다. 그러다 배가 고파져 한 노점상에서 오빠는 팔라친키를, 나는 랑고쉬를 사 먹었다. 그리고 오랜 세월, 사람들 발길에 반질반질해진 돌길을 걸어 프라하 풍경을 볼 수 있는 비셰흐라드 언덕으로 올라갔다. 나는 프라하성보다 이곳에서 보는 도시 풍경을 더 좋아했다. 그에게 그 풍경을 보여 주고 싶었다. 언덕에는 성당과 묘지가 있었다.

"묘지도 사람들이 많이 찾는 곳 중 하나야. 드보르자크나 얀 네루다, 알폰스 무하 같은 유명한 사람들이 묻혀 있거든."

갖가지 모양의 묘비와 꽃으로 꾸며진 묘지에는 무덤 속 인물의 연고자보다는 관광객이 더 많았다. 사람들은 묘비에서 유명한 이름을 찾아내고는 호들갑을 떨었지만 정작 무덤 속에 누워 있는 사람을 추모하지는 않았다. 오빠는 갑자기 말이 없어지더니 묘비 사이를 천천히 걷기 시작했다. 그는 내가 알려 준 유명한 사람들의 묘지를 지나쳐선 낯선 사람의 묘비 앞에 멈춰 서서 멍하니 바라보곤 했다.

묘지를 나와서도 오빠는 한동안 말이 없었다. 갑자기 달라진 모습에 당황스러웠고, 또 이유가 궁금했지만 묻지 않았다. 이유를 물었다가 비밀이라는 소리를 또 들으면 서운할 것 같았다.

그리고 사람은 누구에게나 혼자만의 시간이 필요한 법이니까. 나는 그의 곁에서 한국으로 돌아가면 언제 또 오게 될지 모를 프라하 시내를 내려다보았다. 혼자였다면 많이 슬프고 허전했을 텐데 그와 함께여서 그런지 슬픔보다는 기쁨이 더 컸다.

말없이 풍경을 보던 오빠가 주머니에서 지갑을 꺼내 펼치더니 내게 내밀었다. 나는 어리둥절한 채 지갑을 받아 들었다. 지갑의 투명 비닐 아래 사진이 들어 있었는데 웬 아주머니가 아기를 안고 있는 모습이었다.

"이 애, 나다. 이 사람은 우리 이모고."

오빠가 사진을 가리키며 알려 주었다.

"이모?"

나는 그의 아기 때 모습보다 미래의 나를 보는 것 같은 아주머니가 더 눈에 들어왔다. 뚱뚱한 이모는 날씬하고 세련된 그의 엄마와 조금도 닮지 않았다. 전혀 자매 같아 보이지 않는다고 하자 그가 말했다.

"친이모는 아니고 엄마의 먼 친척 언니야. 엄마보다 나이도 열 살쯤 더 많으셔."

"그런데 왜 이 사진을 갖고 다녀?"

가족이나 여자 친구도 아닌, 먼 친척과 함께 찍은 사진을 지갑

속에 넣고 다니는 사람은 처음 봤다.

"나한테는 이모가 엄마나 마찬가지야. 열한 살까지는 한집에 살면서 날 키워 줬고, 그다음부턴 따로 살았지만 계속 우리 집에 와서 날 챙겨 주셨거든."

오빠네 엄마가 직장에서 무슨 임원이 됐다며 엄마가 축하 꽃바구니를 보내 줬던 게 생각났다. 그 자리에 오르려면 회사에 뼈를 갈아 넣었을 거라던 아빠 말도 떠올랐다.

"사진까지 갖고 다니는 거 보면 이모를 진짜 좋아하나 보네. 많이 잘해 주셨나 봐."

그가 누군가를 많이 좋아한다는 생각만으로도 가슴 한구석이 아릿한 느낌이 들었다.

"항상 갖고 다니지는 않아. 여행 오면서 넣어 온 거지. 어릴 때 이모가 여행 프로그램 보면서 부러워하는 거 보고 나중에 내가 데려가 주겠다고 큰소리쳤었거든."

"그래 놓고 겨우 사진을 가져온 거야?"

나는 웃다 멈추었다. 그가 웃지 않았기 때문이다.

"그러게. 이젠 함께 오고 싶어도 못 와. 얼마 전에 돌아가셨거든."

뜻밖의 말에 당황한 나는 사진으로 시선을 돌렸다. 뚱뚱한 아주머니와 아기는 조금도 닮지 않았지만 환하게 웃는 표정만은 같았다.

“그 사진은 이모와 내가 함께 찍은 첫 사진이래. 기억은 안 나지만 이모와 이렇게 아기 때부터 함께 있었다고 생각하면 행복한 기분이 들어. 그래서 그 사진을 제일 좋아해.”

“정말 엄마 같으신 분이네.”

나는 다시 한 번 사진을 들여다본 다음 지갑을 조심스레 접어 오빠에게 건넸다.

“그런데 임종도 하지 못했어. 장례식에도 못 가고.”

지갑을 받으며 그가 씁쓸한 표정으로 말했다.

“왜?”

“돌아가신 걸 알려 주지 않았으니까. 어른들한텐 이모의 죽음보다 내 수능이 더 중요했나 봐.”

그의 눈자위가 붉어졌다. 오빠네 엄마와 통화할 때 엄마가 했던 말이 생각났다.

‘그래도 수시로 일찌감치 척 붙었으니 얼마나 효자야. 그 생각하고 마음 가라앉혀. 진하도 여행 마치고 돌아가면 마음이 풀려 있을 거야.’

그 일을 이야기한 거라면 오빠네 엄마를 위로하는 엄마도 이모의 죽음보다 오빠의 입시를 더 중요하게 여긴 거였다.

엄마 같았던 분의 임종은커녕 돌아가신 것도 몰랐으니 얼마나 속상하고 힘들었을까? 나라도 그 사실을 알려 주지 않은 엄마에게 화가 났을 것 같다. 이모에 대한 죄책감으로 합격의 기쁨도 온전히 누리지 못했을 거다. 축하받으면서도 슬프고 외로웠겠지. 남들 눈엔 대학에 붙어 맘 편히 여행하는 것처럼 보이겠지만 그는 이모를 잃은 슬픔, 상실감과 죄책감을 품고 여기까지 온 거다. 누구에게도 이해나 위로를 받지 못한 채. 나는 오빠를 안아 주고 싶은 걸 참느라 성곽 담을 짚었다. 그도 나처럼 몸을 돌려 담을 짚곤 도시를 내려다보았다.

"정말 멋지다."

오빠가 혼잣말처럼 감탄했다.

"그렇지? 한국에 돌아가면 여기가 너무 그리울 것 같아."

그의 손이 머뭇머뭇 다가와 내 어깨를 감싸 안곤 다독거렸다. 몸이 석고상처럼 굳는 것 같았다. 세상도 정지된 것 같았다.

"나중에 나랑 같이 다시 오자."

그 말에 너무 놀라 딸꾹질이 나오며 정지가 풀렸다.

"가, 같이? 왜요?"

나도 모르게 존댓말이 튀어나왔다. 오빠는 대답 대신 시내를 내려다보며 말했다.

"이모, 저 아래 보이는 도시가 프라하야. 멋지지? 내 옆에 있는 아이는 봄이고. 얘기한 적 있으니까 이모도 알 거야."

내 이야기를 했다고? 언제, 무슨 이야기를 한 걸까? 묻고 싶었지만 용기가 나지 않았다. 아니, 내 마음대로 상상하는 게 더 좋았다.

"봄, 너도 우리 이모한테 인사해."

그가 내게 지갑을 펼치더니 말했다. 나는 얼결에 사진에 대고 꾸벅했다.

"인사하란다고 진짜 고개를 숙이냐!"

오빠는 웃음을 터뜨렸다. 나도 웃었다. 슬픔을 머금은 웃음이라도 그를 웃게 해서 좋았다. 이모 생각을 마음껏 하고, 이모 이야기를 편하게 하는 것 자체로 애도하는 시간이 될 거다. 조금 전 그가, 벌써부터 프라하를 그리워하는 나를 위해 어깨를 다독거려 주었을 때 이해받고 위로받는 느낌이었다. 나도 그에게 그렇게 해 주고 싶었다. 나는 성벽을 등지고 서서 오빠를 마주 보았다. 그러곤 웃음을 머금은 슬픈 표정으로 이모 사진을 보는 그에게 말했다.

"오빠, 많이 힘들었겠다. 아마 이모도 지금 오빠랑 여행 온 것처럼 행복하실 거야."

"그럴까?"

그는 내게서라도 확인하고 싶어 하는 눈빛이었다.

"당연하지. 여행하면서 한순간도 이모를 잊은 적 없었지?"

그의 눈빛이 약간 흔들렸다.

"……그렇지."

"이모도 오빠 마음 다 아실 거야. 그리고 만일 이모 때문에 오빠가 시험을 못 봤으면 그걸 더 속상해하셨을 거야. 오빠 대학 합격한 걸 아마 이모가 제일 좋아하셨을걸."

그가 눈을 끔뻑거렸다. 눈물을 참는 것 같았다. 울고 싶으면 울어도 돼. 나는 돌아서서 시내 풍경을 보는 척했다. 우리는 한동안 그곳에 그렇게 서 있었다.

"고마워, 오빠. 덕분에 행복한 기분으로 프라하와 작별 인사를 할 수 있게 됐어."

언덕을 다 내려왔을 때 그에게 말했다. 진심이었다.

"나도…… 그랬어. 고마워."

12월 23일, 프라하에는 눈이 내렸다.

"내일 와야지 화이트 크리스마스가 되는데."

솔이가 창밖을 보며 안타까워했다. 거실에는 네 번째 사용하는 트리가 크리스마스 분위기를 띄우고 있었다.

나는 엄마와 함께 크리스마스 때 즐겨 먹는 바노치카와 생강쿠키를 더 구웠다. 이곳에선 12월 초부터 크리스마스 쿠키를 만들어 이웃들과 나눠 먹는 풍습이 있는데 작별 인사를 위해 그전보다 훨씬 더 많이 필요했다.

혼자라도 나갔다 오라고 했지만 진하 오빠는 집에서 쿠키 만드는 걸 거들거나 솔이와 보드 게임을 하며 놀아 주었다. 나중엔 나도 함께했는데 솔이는 오빠를 독차지하지 못해 안달이었다. 엄마가 진하 같은 아들이 있으면 좋겠다고 했을 때 솔이가 엄마에게 쫓아가더니 귀에다 무슨 말인가를 속삭였다. 엄마는 솔이의 말을 듣고는 배를 쥐고 웃어 댔다.

그날 밤, 솔이가 잠든 뒤 엄마 아빠와 그는 맥주, 나는 체코음료인 비네아를 마실 때 엄마가 솔이의 말을 전해 주었다.

"크면 진하랑 결혼할 거래."

엄마는 또다시 웃음을 터뜨렸고 그와 나도 함께 웃었다. 그런데 그때 아빠가 진지한 어조로 말했다.

"진하 같은 사위라면 대환영이지."

그가 쑥스러운 기색으로 나를 바라보았다. 나는 농담도 구분 못 하고 분위기를 썰렁하게 만드는 아빠 때문에 창피하고 화가 났다.

크리스마스이브

크리스마스이브 아침이 밝았다. 엄마 아빠는 솔이를 데리고 친구 집에 초대받아 가고 나는 진하 오빠와 함께 시내에 나갔다. 광장과 거리 어디에나 성탄 전야를 즐기려는 사람들로 넘쳤다. 그는 내게 선물을 살 수 있는 곳으로 안내해 달라고 했다.

오빠가 가족과 지인들에게 줄 선물을 고르는 사이 나도 프라하 기념 텀블러를 하나 샀다. 그를 위한 선물이었다. 한국에 돌아가서 텀블러를 사용할 때마다 나를 떠올렸으면 좋겠다. 카드를 써서 함께 줄 생각이었다.

한참 선물을 고르던 오빠가 내게 목걸이를 하나 골라 달라고 했다. 여자 친구 것일지도 모른다고 생각하자 가슴 한복판이 날카로운 칼에 베인 듯 아팠다. 여친이 있다는 이야기를 한 적은 없지만 굳이 내게 말할 이유도 없었을 거다. 며칠 동안 함께했던 시간들이 산산이 부서져 사라지는 것 같았다. 나는 마음을 달래며 아랫부분에 작은 크리스털 하트 세 개가 달랑거리는 목걸이를 가리켰다. 내가 고른, 반짝반짝 빛나는 하트 목걸이가 다른 사람 목에 걸릴 걸 상상하니 슬펐다.

기념품 가게를 나온 우리는 카를 다리로 갔다. 관광 첫날 프라하성에 가면서 건넜던 다리인데 그가 또 가고 싶다고 했다. 여전히 카를 다리 아래로 블타바강이 흐르고 건너편 언덕에 눈 덮인 프라하성이 보였다. 그리고 요한 네포무크 동상 앞에는 그날도 소원을 비는 사람들이 줄지어 서 있었다. 오빠는 또 그 사람들 뒤에 가서 섰다. 그리고 차례가 되자 첫날처럼 동상을 어루만졌다.

나는 돌아서는 그에게 물었다.

"무슨 소원 빌었는지 이번에도 말 안 해 줄 거야?"

첫날엔 비밀이라는 말에 더는 캐묻지 못했지만 그에게 여자 친구가 있다고 생각하자 차라리 홀가분하고 편했다. 그래, 그저 친한 오빠일 뿐이야. 가슴 한구석이 아린 건 여전했지만 나는 애써 그 감정을 외면했다. 그는 이번엔 비밀이라는 말조차 안 했다.

"무슨 소원 빌었는데? 응?"

나는 거리낌 없이 오빠를 대하는 솔이처럼 그의 팔을 흔들며 보챘다. 뭐, 오빠니까.

갑자기 표정이 굳어진 그가 말없이 사람들을 헤치며 걷기 시작했다. 나는 무안해져 그의 뒷모습을 바라보았다. 밝히고 싶지 않은 걸 말하라고 계속 채근한 게 미안하고 창피했다. 나는 솔이처럼 어린아이가 아니다. 오빠가 나를 눈치 없거나 무례한 아이라고 생각할까 봐 걱정됐다. 그리고 친해졌다고 여긴 게 착각이었다는 사실에 서운했다.

사과할 생각으로 쫓아갔을 때 갑자기 돌아선 오빠가 여전히 화난 듯한 얼굴로 말했다.

"첫날엔 이모가 좋은 곳에서 편하기를 빌었어."

그런 이야길 왜 이렇게 화난 것처럼……. 그때 이모에 대해 알았더라면 나도 함께 빌어 주었을 텐데.

"그리고……."

그는 머뭇거렸다. 내가 졸라서 억지로 말하려는 것 같아 얼른 말했다.

"말하기 싫으면 안 해도 돼."

그런데 오빠가 오히려 마음을 굳힌 듯한 얼굴로 빠르게 말했다.

"오늘은 너랑 사귀게 해 달라고 빌었어."

그 순간 지나치던 사람과 부딪혀 비틀거린 나는, 그래서 다행이라고 생각했다. 누군가와 부딪히지 않았어도 주저앉았을 만큼 다리 힘이 풀렸기 때문이다. 내가 지금 뭘 들은 거지? 나랑 사귀게 해 달라고? 왜? 왜 나랑? 자신을 인정하고 존중하기로 했던 이봄은 어디로 가고 다시 남의 시선으로 본 거울 속 봄이가 고개를 들이밀었다.

"그, 그러니까 나랑…… 사귀지 않을래?"

내가 아무런 말도 하지 않자 그는 조금 떨리는 목소리로 물었다. 화난 게 아니라 긴장한 거였나 보다. 진심인 걸까? 한국에는 예쁘고 날씬한 여자애들이 널렸을 텐데. 낯선 여행지가 불러온 감상과 충동은 아닐까. 그런 거라고 해도 고백을 받아들이고 싶었다. 잠시 동안이라도 그와 특별한 사이가 되고 싶었다. 머뭇거리는 사이 고백을 거둬들일 것 같아 나는 얼른 고개를 끄덕였다.

얼굴이 환해진 오빠는 주머니에서 아까 산 목걸이를 꺼냈다. 내 거였구나! 그가 수줍은 기색으로 내게 한 발 다가섰다. 직접 걸어 주겠다는 뜻이었다. 나는 허둥지둥 목도리를 풀었다. 마음도 손도 마구 떨렸다. 얼굴이 얼마나 뜨거운지 목에 와 닿는 찬바람이 시원했다.

나는 한 손에는 목도리를 들고 한 손으론 그가 편하게 목걸이를 걸어 줄 수 있도록 머리채를 모아 쥐었다. 오빠 역시 허둥대며 걸쇠를 푼 목걸이를 내 목에 둘렀다. 우리는 거의 포옹이나 다름없는 자세로 서 있었다. 귓불 가에서 느껴지는 그의 숨결에 어지러워졌다. 오빠는 한참을 낑낑거린 끝에 겨우 걸쇠를 잠그는 데 성공했다.

"됐다!"

그는 어려운 퀴즈를 맞힌 것처럼 기쁜 목소리로 말했다. 하트 펜던트를 만져 보았다. 머릿속에서 그렸던 것보다 위쪽에서 잡혀 목걸이가 아니라 초커 같았다. 오빠가 그 사실을 알아챌까 봐 걱정되면서도 좋았다.

"예쁘다."

목걸이를 걸어 준 그는 물러서는 대신 내 뺨을 감쌌다. 머릿속에 떠오른 많은 생각들 중에서 나도 그와 입 맞추고 싶다는 마음이 가장 강렬했다. 그의 얼굴이 다가올 때 나는 눈을 감았다. 우리가 키스를 하는 동안 온 세상이 숨을 멈춘 듯했다. 그리고 프라하의 종탑들에서 일시에 종소리가 들려왔다.

우리는 그렇게 연인이 됐지만 다음 날 곧 이별을 해야 했다. 나는 밤새 썼다 지웠다 하며 쓴 편지와 텀블러를 그에게 주었다.

진하 오빠는 아빠가 공항까지 태워다 주겠다는 걸 마다하고 집에서 작별 인사를 했다.

"한국 오시면 찾아뵐게요. 솔아, 한국에서 보자."

그는 솔이의 머리를 쓰다듬으며 내 눈을 보았다. 나는 간신히 눈물을 참았다. 오빠에게 우리가 사귀는 걸 당분간 비밀로 하자고 했다. 엄마들끼리 친구 사이라서 더 조심스러웠고, 누군가에게 말하는 순간 우리의 소중한 감정이 흥밋거리로 전락할 것 같아 두려웠다. 한국 고등학교에 대한 걱정이 나보다 더한 엄마한테 또 다른 근심거리를 안겨 주고 싶지도 않았다.

오빠가 떠나자 그를 만나지 못할 한 달이 그동안 살아온 내 전 생애보다 더 길게 느껴졌다. 비행기를 탔다는 메시지와 함께 그와의 연락이 끊겼다. 우리에게 있었던 일이 꿈이나 상상일지 모른다는 생각이 밀려왔다. 그리고 마음 한구석에 있던 그의 고백에 대한 의심이 부피를 키웠다. 뚱뚱한 그의 이모. 이모에 대한 죄책감, 그리움, 슬픔으로 가득 차 있던 때 이모와 닮은 내가 나타난 거다. 그래서 내게 고백한 게 아닐까. 한국에 도착하면 실수였다고, 미안하다고 사과할 것만 같았다. 오빠는 착하고 배려심이 많은 사람이니까 고백을 물리지 않을지 모른다. 그렇다고 해도 이모를 닮아서 내게 연애 감정을 느낀 거라면 나는

그를 받아들일 수 없을 것 같았다. 오빠를 좋아하는 마음이 아무리 커도 다른 누군가의 빈자리를 메꾸는 역할을 하고 싶지는 않았다. 이모를 닮아서 나를 선택했다면 그건 오빠 눈에도 결국 나는 뚱뚱한 아이, 그 이상도 이하도 아니라는 뜻이니까.

오빠는 한국에 도착하자마자 연락을 해 왔다. 변함없는 그의 모습에 안도하면서도 마냥 좋지만은 않았다. 그 뒤 날마다 메신저를 하고 영상 통화를 했지만 마음 한편의 의심과 불안은 가시지 않았다.

프라하를 떠나기 이틀 전 나는 용기 내서 물었다. 나를 왜 좋아하느냐고. 혹시 이모를 닮아서 좋아하는 거냐고. 내 떨리는 마음이 영상 통화 너머로 느껴지지 않기를 바랐다. 그는 한동안 대답 없이 나를 바라보기만 했다. 가슴이 철렁 내려앉았다. 사귄 지 얼마나 됐다고, 진심을 추궁하는 모습에 실망했는지 모른다.

"이제 보니 그런 것 같네. 너도 우리 이모처럼 이해심 많고 사람을 편하게 해 주는 것 같아."

사람들은 뚱뚱한 사람은 성격도 털털하고 너그러울 거라고 생각한다. 그의 말을 들으니 의심이 확신으로 변해 갔다.

"외모도 닮았고?"

나는 나 자신에게 확인시키듯 물었다. 그가 고개를 갸웃거리며 나를 보았다.

"외모? 그건 하나도 안 닮았는데? 우리 이모, 너랑 완전 달라. 너는 아담하고 귀여운데 우리 이모는 키가 엄청 컸어. 손발도 크고 얼굴도 좀 우락부락하게 생겼고. 이모가 학교에 오면 애들이 우리 엄만 줄 알고 슈렉 같다고 놀렸을 정도야."

아담하고 귀엽다고? 나는 휴대폰 화면에 비치는 내 모습을 보았다. 이모가 슈렉이라는 놀림을 받았다면 나는 피오나 공주라고 놀림을 받았다. 슈렉과 피오나 공주. 결국 닮았다는 거다. 나는 내 모습이 비치는 화면을 끄고 싶었다.

"근데 이봄, 너 진짜 너무한 거 아냐? 내가 무슨 변태도 아니고 이모랑 닮아서 사귀게."

항의하듯 그가 말했다.

"그럼 내가 왜 좋아?"

나는 다시 물었다. 집요하다고 싫어해도 할 수 없었다. 한국에서 겪는 것보다 미리 정리하는 게 나았다. 오빠는 이번에도 고개를 갸웃거렸다. 설마 한 번도 그 이유를 생각해 보지 않은 건가? 잠시 침묵하던 오빠가 내게 물었다.

"내가 너 언제부터 좋아했는지 알아?"

나는 고개를 저었다.

"6학년 때부터야. 물론 그때는 어려서 지금 같은 감정은 아니었을지 모르지만, 암튼 그때부터 좋아했어."

6학년 때부터라고? 왜? 의문만 더 커졌다.

"그때 우리 같이 피아노 경연 대회에 나갔었잖아."

원장 샘이 오빠가 나랑 연탄곡을 치고 싶어 한다고 해서 이상하게 여겼던 게 뒤늦게 생각났다.

"그때 왜 나랑 연탄곡 친다고 했던 거야?"

아이들에게 놀림받는 모습이 불쌍해서였나?

"그야 네가 피아노 잘 치니까 묻어가려고 했던 거지."

오빠가 웃으며 말했다. 불쌍해서라는 것보단 나았지만 왠지 실망스러웠다. 초등학생한테 뭘 기대했던 거야. 오빠가 웃음을 거두곤 말했다.

"사실 난 대회에 나가고 싶지 않았어. 피아노 학원도 내가 원해서 다닌 것도 아니었고. 그런데 엄마가 어떤 스펙이든지 많이 쌓아 놓는 게 중요하다면서 무조건 나가라고 했어. 무대 위에서 혼자 피아노 치는 거 상상만 해도 너무 무섭더라. 피아노 치다 실수해서 웃음거리 되는 꿈까지 꿨을 정도야. 근데 원장님이 혼자 나가기 싫으면 다른 애랑 같이 연탄곡을 치는 건 어떻겠냐고 물었어. 그래서 너하고라면 대회에 나가겠다고 했지."

"나한테 묻어가려고?"

아니면 만만했나? 남자, 여자가 함께 연탄곡을 치면 사귄다고 놀림을 받았다. 오빠도 다른 여자애랑 쳤으면 그랬을 거다. 하지만 나하고 치면 사귄다는 놀림은 받지 않아도 된다.

"그건 농담이고, 솔직히 네가 예뻐서 너랑 치고 싶었어."

"뭐?"

이건 예상 답변 어디에도 없었던 거다. 이상하게 그것도 장난 같아 마음에 들지 않았다.

"그때 너랑 나랑 같은 연습실 썼잖아. 순서 기다리면서 너 피아노 치는 거 볼 때 많았거든."

그랬었나? 오빠가 내 모습을 보고 있었다니 옛날 일인데도 쑥스러웠다.

"사실 나는 그때까지 내가 뭘 좋아서 해 본 적이 별로 없었어. 처음엔 재미있다가도 엄마가 간섭하면 흥미가 떨어졌어. 피아노 학원도 마찬가지였고. 그러다 우연히 네가 피아노 치는 모습을 보게 됐는데 넌 어른들이 시켜서 다니는 애들하고 달랐어. 어린데도 정말 좋아서, 즐기면서 하는 것 같은 거야. 정말 온몸으로 음악을 느끼면서 친다는 생각이 들었어."

피아노 치는 걸 즐기긴 했었다. 음표들과 노는 느낌이었으니까. 오빠도 어릴 때였는데 그걸 알아봤다니. 감정 정리는커녕 그가 더 좋아졌다.

"내가 너한테 피아니스트 될 거냐고 물었던 거 기억나?"

"아니."

그가 이렇게 나와의 일을 세세하게 기억하고 있다는 게 신기했다. 오빠를 좋아했던 것치고 나는 너무 생각나는 게 없었다. 한국에서 있었던 일은 그냥 다 잊기로 해서인 것 같았다.

"너 그때도 그렇게 대답했어. '아니. 그냥 좋아서 치는 거야.' 라고. 그런 네가 정말 예뻐 보였어. 그날 밤 일기에도 좋아하는 애가 생긴 것 같다고 썼는데."

내가 벅차오르는 가슴을 어쩌지 못하는 사이 오빠가 물었다.

"넌 왜 나랑 연탄곡 치겠다고 한 거야? 너 혼자 나가면 더 큰 상 받을 수도 있었을 텐데. 나 불쌍해서 봐준 거지?"

나는 상 타는 게 그렇게 중요하지 않았다. 피아노 치면서 좋았던 걸로 이미 상은 받은 거 같았으니까. 그 이야기를 해 놓고 너무 잘난 척한 건 아닐까 걱정했는데 오빠가 "역시, 이봄."이라고 했다. 나는 다른 남자애였으면 거절했을 거란 말은 하지 않았다. 오빠는 또 다른 기억을 꺼내 놓았다.

"그때 무대 뒤에서 순서 기다리면서 내가 덜덜 떠니까 네가 내 손 꼭 잡아 줬잖아. 그러면서 지금 너무 멋지다고, 실수해도 괜찮으니까 우리가 연습한 거 즐겁게 하자고 말해 줬어. 글쎄, 나보다 어린 꼬마가 그랬다니까."

"그 말은 원장님 말 흉내 낸 거 같은데."

왠지 민망해서 농담처럼 말했지만 그는 웃지 않고 말을 이어갔다.

"프라하에 가면서도 그런 추억들이 떠올랐지만 어릴 때 일이니까 그 감정이 이어질 거라곤 생각하지 않았어. 이모 생각으로 꽉 차 있었기도 했고. 솔직히 그때는 웃는 것도, 뭘 맛있게 먹는 것도 다 죄책감이 느껴졌을 때니까. 그런데 너랑 같이 있으면 나도 모르게 웃고 있다는 걸 알았어. 네 덕분에 이모에 대한 죄책감을 떨쳐 내고 그리움으로 채울 수 있었어. 너랑 있으면 이해받는 느낌이 들고, 나도 더 괜찮은 사람이 되고 싶어지는 것 같아. 이게 널 좋아하는 이유야."

그의 말 한 마디, 한 마디에 진심이 담겨 있었다. 나는 그의 감정을 더는 의심하지 않기로 했다. 이런 고백을 듣고도 남의 시선을 신경 쓰며 의심하는 건 진심에 대한 예의가 아니었다.

한국으로 온 뒤 엄마는 오빠에게 내 과외를 맡겼다. 그 덕분에 우리는 더 편하게 자주 만날 수 있었고, 서로를 더 깊이 알아갔다. 알면 알수록 그와 나는 닮은 부분도, 또 통하는 것도 많았다. 내가 가장 좋아하는 데이트는 아이스링크에 가서 스케이트를 타는 거였다. 겨울이 끝나기 전에 맘껏 타고 싶었다. 그와 함께 얼음 위를 달리고 있으면 세상에 우리 둘만 있는 것 같았다. 반짝이는 조명도 흥겨운 음악도 우리를 위한 것만 같았다. 그때마다 새롭게 고백받는 느낌이었다.

오빠가 있어서 다시 한국에 돌아온 게 좋았지만 학교 수업과 또래 아이들을 만나는 일은 많이 겁났다. 4년간의 공백으로 한국에 친구가 하나도 없던 나는 수련회에서 아이들이 내게 보여 준 폭발적인 관심이 어리둥절하면서도 좋았다. 내게는 남자 친구 못지않게 힘든 시간을 함께 나누고 견딜 학교 친구들도 소중했다. 학교생활에 잘 적응하고 또 친구들도 많이 사귀어서 엄마 아빠의 걱정도 덜고, 그에게도 자랑스러운 모습을 보여 주고 싶었다. 나는 학원 대신 야간 자율 학습을 신청했다. 가만히 앉아서 듣기만 하는 건 학교 수업만으로도 지겨웠다. 야자 시간에 내 속도에 맞춰 공부하는 게 편했고 늦은 밤까지 교실에 함께 남은 반 아이들에게 급우 이상의 동지애가 느껴지는 것도 좋았다.

나는 우연히 시작된 내 연애담에 아이들이 대리 만족을 느끼고 있음을 알았다. 공부에 짓눌린 아이들에게 잠시나마 즐거움을 준다는 게 뿌듯했다. 그렇다고 그 일이 오로지 아이들을 위한 것만은 아니었다. 이야기하는 동안 진하 오빠와 함께한 시간을 또다시 떠올릴 수 있어 행복했고 그 순간만큼은 아이들 사이에서 존재감이 커지는 걸 즐겼다. 이야기를 하다 보면 분위기에 취해 아주 약간 과장이 섞일 때도 있었지만 거짓을 말한 적은 없었다. 아무튼 난 진심을 다하고 싶었고, 아이들에게도 그 마음이 전해졌다고 생각했다. 지난 월요일 저녁까지 나는 그렇게 믿었다.

진실 게임

월요일 저녁, 급식을 먹고 교실로 오니 진하 오빠가 보낸 꽃다발과 선물이 책상 위에 있었다. 하트 모양 상자에는 간식과 함께 카드가 들어 있었다. 2백 일은 내일인데, 뭐지? 내가 읽기도 전에 카드가 이 애 저 애 손으로 옮겨 다녔다. 지윤이가 꽃다발을 가져다 향기를 맡았다.

"봄봄, 오늘은 우리가 사귄 지 199일이야."

"공부하느라 힘들지? 달달한 거 먹으면서 힘내."

"그리고 내일을 기대해!"

"봄봄, 사랑해!"

"2천 일, 2만 일도 봄봄과 함께하고 싶은 진하가."

오빠의 마음과 그가 부르는 내 애칭이 다른 아이들 입을 통해 흘러나왔다. 내일 만나기로 한 터라 오늘 이런 깜짝 선물이 있을 줄은 몰랐다. 오빠의 서프라이즈 이벤트 덕분에 나는 더할 수 없이 행복했다. 아이들의 호들갑스러운 반응에 교실 안도 달콤한 기운으로 가득 찼다. 나는 아이들에게 초콜릿과 쿠키를 나눠 주었다. 아이들은 간식으로 만족하지 않았다.

"봄봄, 어제 데이트한 얘기 해 줘!"

"봄봄, 어제는 뭐 했어?"

지난 토요일, 출장을 가는 아빠와 함께 엄마와 솔이도 프라하로 떠났다. 패트릭의 할머니가 돌아가셨다는 소식에 엄마도 급작스레 동행을 결정한 거였다. 한국으로 돌아온 뒤 프라하를 가장 그리워한 사람은 내가 아니라 엄마였다. 나도 가끔 패트릭 할머니 댁의 아름다운 정원과 할머니가 구워 주었던 빵이 생각나곤 했다.

엄마는 나보고도 함께 가자고 했다. 학년 초 학부모 회의나 대학 입시 설명회에 다니며 수험생 부모 노릇을 다하고자 애썼던 엄마는 얼마 안 가 백기를 들었다. 아무리 들어도 무슨 소린지 모르겠다며 나한테 알아서 잘하라고 했다. 그러더니 학교까지 빠지고 체코에 가자는 거였다.

“엄마, 기말고사가 코앞인데 너무하는 거 아니야?”

체험학습을 신청하면 결석으로 치지 않지만 허락받기 쉽지 않을 테고 나도 시험이 마음에 걸렸다. 엄마 아빠가 날 믿고 기다려 주는 만큼 이번 시험은 중간고사보다 성적을 올리고 싶었다. 오빠에게도 열심히 하는 모습을 보여 주고 싶었다. 엄마는 일주일 동안 혼자 있을 날 위해 냉장고에 먹을 걸 가득 채워 놓고, 도우미 아주머니까지 두 번이나 오게 해 놓은 다음 프라하로 떠났다.

혼자 남은 나는 오빠와 스터디 카페에서 시험공부를 했다. 그는 내 옆에서 토플 준비를 하다가 내가 모르는 게 있으면 설명해 주곤 했다. 그리고 어제 저녁엔 야구장에 갔다. 우리는 응원 도구를 들고 홈팀을 열렬히 응원했다. 마음껏 지르는 함성과 함께 공부하느라 쌓였던 스트레스가 사라지는 듯했다. 그는 경기를 즐겼고 나는 응원을 즐겼다.

6회 말이 끝나고 키스 타임이 되었다. 갑자기 주위 사람들이 우리를 보고 박수를 치며 "키스해! 키스해!" 하고 외쳤다. 전광판에 우리 모습이 비쳤다. 그나 나나 너무 부끄러워 의자 밑으로 숨고 싶을 지경이었다. 함성이 계속 이어지자 오빠가 벌떡 일어나더니 날 꽉 끌어안고 입을 맞췄다. 평소보다 터프한 키스였다.

"터프했대!"

아이들이 책상을 두드리며 소리 질렀다. 나도 다시 그 순간으로 돌아간 듯 얼굴이 뜨거워졌다.

"그것뿐이야? 집에 아무도 없는데 집에서 무슨 일 있었던 건 아니고?"

누군가의 말에 아이들은 발을 구르며 더 난리가 났다.

그때 갑자기 한 아이가 책을 팽개치며 소리 질렀다.

"그만 좀 해! 이봄, 여기가 너네 집인 줄 알아?"

혜나였다. 모두 영문을 몰라 어리둥절해 있는데 미나가 나섰다.

"아직 쉬는 시간인데 뭔 상관이야? 이봄, 정말 남친이랑 안 잔 거 맞아?"

미나 말에 교실은 더 뜨거운 열기에 휩싸였다. 무시를 당한 혜나가 잔뜩 독 오른 얼굴로 벌떡 일어섰다. 미나와 싸우면 어쩌나 걱정하고 있는데 혜나가 입꼬리에 비웃음을 잔뜩 담은 채 내게 말했다.

"이봄, 불쌍해서 얘기해 주는데 이제 그만 좀 해라."

"뭘 그만해?"

나는 영문을 몰라 혜나를 보았다.

"네 대딩인가 하는 오빠 얘기 뻥이라는 거 애들도 다 안다고. 뒤에서 비웃는 거 몰라?"

나는 혜나의 말이 이해되지 않았다.

"뻥이라고? 너희들도 좀 전에 오빠가 보내 준 초콜릿이랑 쿠키 먹고 카드도 읽었잖아. 여기 꽃다발도 있고."

나는 아이들을 둘러보았다. 아이들은 한순간에 방관자로 돌아서선 아무 말도 하지 않았다.

"그깟 것들 전화 한 통이면 얼마든지 배달해 줘. 카드도 자작인지 알 게 뭐야."

혜나의 눈은 분노로 이글거리고 있었다. 그 눈빛을 보자 이유를 알 것 같았다. 혜나는 진하 오빠의 과외 학생이었다. 함께 있을 때 온 톡 때문에 그 사실을 알았다. '모혜나'라는 이름을 가진 아이가 또 있기는 쉽지 않았다. 마리오네트 사진인 프사도 우리 반 단톡방에 있는 것과 같았다. 혜나를 과학고생으로 알고 있던 오빠는 그 애의 거짓말에 찜찜해했다. 나는 혜나가 스스로 밝힐 때까지 모르는 척해 주라고 했다.

"거짓말한 게 밝혀지면 얼마나 쪽팔리겠어? 그리고 거짓말을 할 만한 무슨 사정이 있는지도 모르잖아."

메신저 프로필이 그런 생각을 하게 만들었다. 혜나는 공부 잘하고 얼굴까지 예뻐서 늘 칭찬과 주목과 기대를 한 몸에 받았다. 그런 혜나가 부러울 때도 있었는데 본인은 자기 삶이 마리오네트처럼 줄에 매인 것 같다고 여기는 모양이었다. 내 말에 오빠는 고개를 저었다.

"혜나는 그렇게 생각 안 해. 혜나 방에 마리오네트가 있어서 잠깐 이야기한 적 있었는데 오히려 모든 관계에서 자기가 줄을 쥔 사람이라고 생각해."

"그건 혜나가 괜히 센 척하는 거지."

얼마나 자존심이 상했으면. 일반고에 다니면서 과학고생이라고 거짓말한 마음조차 이해할 수 있을 것 같았다. 그래서 혜나에게 과외 샘이 내 남친이란 걸 말하지 않았다. 혜나를 볼 때마다 속이는 것 같아 편치 않으면서도 비밀을 공유하고 있다는 친밀감을 느꼈다. 그런데 얼마 뒤에 오빠가 과외를 그만둬야겠다고 했다. 혜나가 노골적으로 관심을 보여 불편하다고 했다.

"그러게 누가 그렇게 잘생기래?"

나는 혜나가 좋아하는 남자가 내 남친이란 사실이 뿌듯했다. 그리고 한편으로는 이미 여친이 있는 남자를 좋아하는 혜나가 안쓰러웠다. 그런데 오빠는 아무런 예고도 없이 갑자기 그만 오라는 혜나 엄마의 문자를 받았다. 그는 혜나가 우리 사진을 본 것 같다고 했다. 그때 혜나 마음은 어땠을까? 프라하에서 그한테 여자 친구가 있을지 모른다고 생각했을 때 느꼈던 감정이 생생했다. 왠지 혜나에게 미안했다.

"오빠가 혜나한테 잘 지내라고 톡 보내 줘. 인사도 못하고 끝냈잖아."

내 말대로 작별 인사가 담긴 톡을 보냈던 그는 혜나한테서 온 답을 보여 주었다.

내가 샘, 자른 거예요.

"차라리 잘됐어. 얼른 다른 알바 구해서 우리 봄봄 맛있는 거 사 주고 좋은 데도 데려가야지."

오빠는 오히려 홀가분해했다. 나도 혜나에게 가졌던 남다른 마음들을 털어 버렸다.

“이제 뻥 그만 치고, 교실 분위기 흐리는 짓도 그만해!”

혜나가 소리치며 나를 노려보았다. 혜나는 우리 반에서 진하 오빠를 실제로 본 유일한 아이다. 아무리 그를 좋아했다고 해도 지금 혜나가 하는 짓은 너무 졸렬하다. 사실을 밝혀 망신 주고 싶었지만 혜나와 같은 인간이 될 수는 없었다. 나는 말없이 혜나를 응시했다. 한동안 내 눈길을 맞받아 내던 혜나는 책상 위의 책을 거칠게 집어 들곤 교실을 나가 버렸다. 호기심으로 불타오르는 아이들의 눈길이 내게 쏟아졌다. 내 이야기에 열중하던 눈빛과 다르지 않았다. 나는 목소리를 돋우어 물었다.

“너희들도 내 이야기가 모두 꾸며 낸 거라고 생각해?”

지윤이와 눈이 마주쳤다. 내가 부럽다며 따로 메시지까지 보냈던 아이다. 지윤이는 무슨 말인가를 하려다가 난처한 표정으로 입을 다물었다.

“그럼 너 같은 애를 대딩이 좋아한다는 게 말이 되냐?”

책상 위에 걸터앉은 경서가 팔짱을 낀 채 말했다. 진실 게임을 하자고 해서 내 이야기를 시작하게 만든 장본인이다.

“왜 말이 안 돼? 내가 아직 고등학생이라서?”

아이들이 킥킥 웃음을 터뜨렸다. 내 말이 재미있어서 웃는 게 아닌 것쯤은 알 수 있었다.

"대학생이 날 좋아하는 게 왜 말이 안 된다는 건데?"

나는 경서에게 다시 물었다.

"너 정말 모르는 거야? 모르는 척하는 거야? 그만한 조건의 남자가 미쳤다고 너 같은 애를 좋아하니? 이 세상에 그런 남자는 없어."

내게 자기 이야기를 털어놓았던 다예가 단언했다.

"나 같은 애? 내가 뚱뚱해서? 내 남친이 좋다는데 너희들이 무슨 상관이야."

"우리도 상관 안 해. 근데 네가 자꾸 뻥을 까잖아. 네 남친이 널 좋아하는 이유를 대 봐."

아이들의 얼굴로 냉소가 번지고 있었다. 그동안 내 이야기를 들을 때는 제각각 다른 표정이던 아이들의 얼굴이 지금은 한 사람인 것처럼 같았다. 의연하고 싶었지만 몸이 떨렸다. 나는 이를 꽉 물었다. 견뎌, 이봄. 진하 오빠는 나를 왜 좋아하는지, 얼마나 좋아하는지 느끼고 믿게 해 줬잖아. 나는 아이들에게 되물었다.

"그걸 왜 너희한테 말해야 되는데?"

"그게 사실이면 아무리 개취라도 진짜 멀리 간 거지. 네 남친 혹시 변태냐?"

그 말을 한 아이는 안 듣는 척하면서 누구보다도 내 이야기에 귀 기울이던 은성이였다. 그런 다음 내 이야기에 이런저런 살을 붙여서 인터넷에 올린 걸 읽은 적도 있다.

"그렇게 생각하면서 소설에선 왜 그대로 쓴 거야? 남주가 세상 멋지던데."

나는 은성이를 똑바로 보았다. 아이들 눈이 모두 은성이에게로 쏠렸다.

"뭔 소릴 하는 거야?"

은성이도 내 시선을 맞받았다.

"너, 그동안 내가 해 준 이야기 소설로 썼잖아."

그 말을 하면 은성이가 사과까지는 안 해도 부끄러워할 줄 알았다.

"야, 이게 허풍만 떠는 줄 알았더니 이젠 거짓말도 하네."

은성이는 더 강렬한 눈빛으로 서슴없이 나를 노려보았다. 그 눈길을 피한 건 오히려 나였다. 뻔뻔한 모습을 마주하기가 너무 민망했다.

미나와 눈이 마주쳤다. 내게 가장 먼저 다가와 준 아이였다. 나는 낯선 학교에서 함께 화장실에 가고 매점이나 식당에 갈 친구가 생겨서 정말 좋았다. 그랬던 미나가 비웃는 얼굴로 날 바라보고 있었다. 그 표정에서 나와 어울린 이유가 그림처럼 드러났다. 고개를 돌리다가 무언가 생각하는 듯한 송주를 보았다. 나는 회장인 송주가 이 상황을 바로잡아 줄 것을 기대했다. 드디어 송주가 입을 열었다.

"이봄, 너 벚꽃이 어떻고 달밤이 어떻고 한 날 야자 째고 남친 만난 거 맞아? 사실은 보건실 간 거지?"

뜬금없는 물음에 나는 기억을 더듬었다.

"보건실 간 건 낮이야. 그날 점심때 보건실에 가서 생리통약 먹었어."

"이수지, 너 그날 보건실에서 이봄 봤다고 했지?"

경기장의 관중처럼 아이들의 시선이 이번에는 수지에게로 옮겨 갔다. 나도 수지를 바라보았다. 문득 학기 초의 기억 하나가 떠올랐다. 담임과 면담을 마치고 교실로 왔다가 손수건을 놓고 온 걸 알았다. 그래서 다시 교무실로 갔는데 수지가 담임과 면담을 하고 있었다. 나는 조금 떨어져서 면담이 끝나기를 기다렸다. 거의 형식적인 면담이라 내 경우도 짧게 끝났기 때문이다. 엿들으려고 한 건 아닌데 수지가 중학교에서 겪은 일을 알게 됐다. 담임은 수지에게 친구들과 잘 지내서 다행이라고 했고 나도 그렇게 생각했다.

"어, 배, 배 아프다고 침대에 눕는 거……."

"분명히 본 거지?"

송주가 수지의 말을 자르며 확인했다. 수지는 빨개진 얼굴로 고개를 끄덕였다. 나는 진실을 말하지 않는 아이들이 야속하다 못해 무서워졌다.

"내가 언제? 난 약만 먹고 나왔어. 내일 보건 선생님한테 확인해 보면 되잖아."

내 항변은 아이들에게 가닿지 못한 채 스러졌다. 내 존재도 그렇게 희미해지다 없어질 것 같았다. 내 존재를 무너뜨리고 짓밟고 사라지게 만들 것 같은 아이들과 있다는 게 두려웠다. 내 눈에서 그 애들에게 절대로 보이고 싶지 않은 눈물이 흐르기 시작했다.

"너희들, 나한테 왜 이러는 거야?"

어금니를 꽉 깨물고 주먹을 부르쥐었지만 오한 든 것처럼 몸이 떨렸다. 보이지 않는 손길들이 한 힘으로 연결돼 나를 밀어내고 있었다. 진하 오빠, 우리 가족, 미즈 소바와 패트릭……. 나를 사랑하고 믿어 주는 사람들이 떠올랐다. 나는 아이들한테 떠밀려 나가떨어지고 싶지 않았다. 그 애들은 내가 자신들의 입맛대로 움직이는 마리오네트가 되기를 강요하고 있었다. 정작 자신들이 마리오네트인 줄은 모르는 애들이 내 안의 진실을 망가뜨리게 놔둘 순 없었다.

나는 아이들이 지켜보는 가운데 가방을 싸기 시작했다. 카드만 남은 상자를 챙기는데 뚜껑 위로 눈물이 후두둑 떨어졌다. 나는 발밑이 허공이 아니라 콘크리트 바닥임을 믿으려 애쓰며 한 발짝, 한 발짝 걸음을 옮겨 교실을 나왔다. 닫은 문 너머로 경서의 목소리가 들려왔다.

"너희들, 전슬기한테 비밀이야. 일러바치는 년은 가만 안 둔다."

나는 눈물을 닦고 어둠에 묻힌 복도 끝을 바라보았다. 세상에서 가장 낯선 곳에 서 있는 느낌이었다. 나는 숨을 크게 내쉰 뒤 무엇이 기다리고 있을지 모를 복도 끝을 향해 걸음을 옮기기 시작했다. 발걸음을 뗄 때마다 나도 모르는 새 내 몸과 마음을 옭아맸던 줄이 한 가닥, 한 가닥씩 끊어지는 것 같았다.

마지막 문장까지 읽고 난 나는 봉인되었던 판도라 상자를 연 것처럼 충격에 휩싸였다. 상자 안에서 나온 것들이 점액질처럼 끈적거리며 내 몸을 휘감았다. 나 또한 누군가의 마리오네트가 된 것처럼 손 하나 까딱할 수 없었다. 내가 읽은 글이 단지 은성이가 꾸며 낸 소설일 뿐이라고 여기고 싶었다. 하지만 나는 무엇이 진실인지 느끼고 있었다. 읽는 동안 저절로 알게 되었다. 내가 정말로 도망치고 싶은 건 글 속에 담긴 진실로부터였다.

그때 송 선생이 콧노래를 흥얼거리며 들어섰다. 나는 도망칠 문이 열리기라도 한 듯 벌떡 일어나 물었다.

"저 감독하러 갔을 때 교무실에 온 학생 없었어요?"

"못 만나셨어요? 요새 무단결석하고 있는 애 있잖아요. 아까 선생님 나가시자마자 와서 얼른 따라가 보라고 얘기했는데."

짐작하고 있었는데도 누군가 정강이를 걷어찬 듯 무릎이 꺾였다. 내가 비틀거리자 송 선생이 얼른 다가와 부축했다. 나는 자리에 털썩 주저앉았다. 그러고는 책상 위의 종이 묶음을 내려다보았다. 내가 읽은 글은 봄이가 쓴 거였다. 나는 축축한 손바닥에 얼굴을 묻었다. 봄이가 나를 믿었다면 이렇게 글만 남기고 가진 않았을 거다. 그 애에게는 담임인 나도 자신을 세상의 고정관념이나 편견에 맞춰 조종하려는 사람으로밖에 보이지 않았던 거다.

"시원한 물 좀 드세요."

송 선생이 내 앞에 물이 든 컵을 놓았다. 나는 물을 벌컥벌컥 들이켰다.

"그런데 그 애, 교무실엔 혼자 왔는데 나중에 창밖을 보니 웬 남자애랑 같이 걸어가고 있더라고요."

나는 의자 등받이에 몸을 기댄 채 눈을 감았다. 급하게 삼킨 물 때문에 가슴이 뻐근했다.

"그 애한테 무슨 문제 생겼어요?"

송 선생의 질문에 나는 눈을 떴다. 걱정스러운 눈빛을 한 송 선생이 날 바라보고 있었다.

"누가 문제인 건지…… 잘 모르겠어요."

나는 혼잣말처럼 중얼거렸다. 정말 알 수 없었다.

교사가 된 뒤 아홉 번 담임을 했다. 그동안 운이 좋아 반 아이가 소년원에 가거나 임신하는 것처럼 큰 사건을 겪은 적은 없었다. 하지만 이번 일이 그런 일보다 결코 작다고 할 수는 없었다. 나는 그동안 내가 맡은 교실이 서로를 밀어내며 상처를 입히는 공간이었다는 사실을 까맣게 모르고 있었다.

자기 이야기에 열광하는 아이들을 보며 그곳에 속해 있다고 믿었던 봄이는 한순간에 밖으로 밀려났다. 진실을 밝혔으니 이제 봄이는 교실로 돌아올까? 그럴 거라고 대답할 수 없었다. 책상 위의 글은 돌아오기 위해서가 아니라 벗어나기 위해서 쓴 건지도 모른다.

가슴속에서 질문들이 소용돌이치며 떠올랐다. 성적도 시원찮으면서 남자 친구나 사귀고 그 이야기를 떠벌려 공부하는 아이들을 뒤흔들어 놓았던 봄이만 떠나면 교실은 아무 일도 없었던 것처럼 될까? 우리 반 아이들이 봄이에게 보인 적의는 무엇이었을까? 자신들과 다른 삶을 사는 것 같은 아이에 대한 부러움이었을까, 아니면 두려움이었을까? 혹시 흔들리는 자신에 대한 불안함은 아니었을까?

그러면서도 아이들은 봄이의 이야기에 열광했다. 봄이가 들려주는 이야기가 옥죄는 숨통을 터 주었으리라. 봄이의 이야기를 더는 듣지 못하게 된 아이들의 상실감은 봄이의 상처 못지않게 검고 깊은 아가리를 벌릴 것이다. 그리고 자신들이 봄에게 무슨 짓을 했는지 깨닫게 될 거다. 더 많이 깨닫는 아이일수록 검고 깊은 아가리가 더 큰 공포로 다가오겠지. 그걸 지켜볼 일도 두려웠다. 아이들보다 20년이나 세상을 더 살았는데도 어떻게 해야 좋을지 알 수 없었다.

그때 내 몸인 양 휴대폰이 부르르 떨었다. 은지의 번호였다. 영준, 소연, 약혼, 배신, 파혼, 그들의 결혼……. 은지라는 이름에서 연상되는 온갖 것들이 머릿속에 순서대로 떠올랐다. 불과 한두 시간 전만 해도 내 인생이 송두리째 갉아먹히는 것처럼 고통스러웠던 기억들이 지금은 남의 일처럼 멀게 느껴졌다.

나는 은지의 전화를 받지 않았다. 내 인생에서 가장 힘든 숙제가 앞에 놓였는데 해묵은 기억을 끄집어내 시간과 감정을 낭비하고 싶지 않았다.

“정 힘들면 먼저 들어가세요. 뒷정리는 제가 하고 갈게요. 아니, 보건실에 가서 좀 쉬고 계시면 제가 집까지 태워다 드릴게요.”

송 선생이 걱정스러운 얼굴로 말했다. 어떻게든 날 돕고 싶어 하는 마음이 느껴졌다. 하지만 지금은 그 마음을 아는 체할 여력도 없었다.

“그럼 저 먼저 들어갈게요. 죄송해요.”

나는 봄이의 글을 가방에 넣고 자리에서 일어났다. 가방이 쇳덩이처럼 무거웠다. 간신히 걸음을 떼어 놓으며 문까지 간 나는 고개를 돌려 송 선생을 바라보았다. 계속 지켜보고 있었던 듯 눈이 마주친 그가 목례를 했다. 그 순간 나는 캔 음료를 갖다 놓은 사람이 송 선생이었음을 알아챘다.

“대신 밥 한번 살게요. 그리고 음료수 잘 마셨어요.”

송 선생이 활짝 웃었다. 미소가 싱그러웠다. 여덟 살이나 어린 멋진 남자가, 떠들썩하게 파혼한 이력이 있는 연상녀에게 관심을 보인다고 하면 내 친구들은 쉽사리 믿어 줄까?

교무실을 나온 나는 문에 기대서서 복도를 바라보았다. 봄이가 보았던 그곳처럼 어둠에 묻힌 텅 빈 복도는 끝이 없어 보였다. 남은 아이들이 마주할 복도도 그럴 것이다.

울컥 눈물이 솟구쳤다. 나는 내가 아이들을 조종하려 드는 인형사인 동시에 세상의 통념에 조종당하는 마리오네트임을 인정하지 않을 수 없었다. 그 줄을 끊고 나가 버린 봄이는 자신만의 춤을 출 수 있을까?

나는 봄이가 그랬던 것처럼 울음을 참으며 어둠에 묻힌 복도 끝을 향해 걸음을 옮겨 놓기 시작했다.

이 시대의 새로운 비너스가 되기를 빌며

3년 전, 고등학교에 입학한 딸아이는 15시간 가까이 학교에 있어야 했다. 학교를 오가는 시간까지 합치면 더 긴 시간이었다. 자신이 생각했던 것과 너무 다른 학교생활에 아이의 얼굴과 마음은 늘 찌푸려져 있었다. 불행하다는 표시를 온몸으로 내보이며 학교에 다니는 아이를 보는 일은 무척 힘겨웠다.

내가 할 수 있는 일이라고는 밤 11시가 가까워져 돌아오는 아이의 눈치를 살피며 비위를 맞추는 것뿐이었는데 감정의 기복이 어찌나 심한지 롤러코스터를 타고 있는 것 같았다. 흥미가 없어서인지 학교 이야기를 잘 하지 않던 아이가 어느 날 자기 반 친구 이야기를 들려주었다.

뚱뚱하고 못생긴 아이가 대학생 남자 친구가 있다고 자랑을 하면서 날마다 말도 안 되는 이야기를 늘어놓는다는 것이다. 아이들은 재미삼아 들으면서도 그 애 말을 믿지 않는다고 했다.

"왜? 무슨 이야기를 하기에 안 믿는다는 거야?"

"무슨 이야기를 해서가 아니라 걔 같은 애한테 대학생 남친이 있다는 것 자체를 믿을 수 없다는 거지."

당장 과제를 해야만 하는 딸아이와의 이야기는 거기서 그쳤지만 내 머릿속에는 많은 생각들이 떠올랐다. 그리고 두 가지 생각이 끝까지 남아 소설의 출발점이 돼 주었다.

'아이들은 왜 거짓말이라고 여기면서도 그 아이의 이야기에 관심을 갖는 걸까?'

'아이들이 거짓말이라고 생각하는 그 아이의 이야기가 모두 사실이라면?'

마음속에 교실이 하나 들어섰고, 그 반에서 일어나는 일들이 자꾸만 눈에 밟혔다.

나는 지난해 그 이야기를 먼저 단편소설로 써서 청소년 문예지에 발표했다. 하지만 그 뒤에도 이야기는 떠나지 않고 더 큰 무게와 깊이로 내 마음을 파고들었다. 결국 나는 원주 토지문화관에 머무는 동안 그 이야기를 장편으로 새롭게 쓰기 시작했다. 다시 쓰는 동안 봄이를 괴롭히는 무리로 상정했던 반 아이들 한 명, 한 명의 삶이 눈에 들어왔다. 시간이 지날수록 그 아이들에게 봄이와 같은 비중의 애정과 연민이 느껴지면서 나는 비로소 이야기가 계속 마음속에 남아 있던 까닭을 알 수 있었다.

나는 이 작품에서 '진실'에 관한 이야기를 하고 싶었다. 생각도 관계도 쿨(cool)한 것이 새로운 트렌드로 자리 잡은 요즘, '진실'이라는 단어가 주는 어감은 어찌 보면 진부하고 칙칙하게 여겨질 수도 있다. 하지만 나는 진실이 어떤 사실 속에 감추어진 핵(核)과 같은 것이라고 생각한다. 진실은 찾지 않거나 보는 눈이 없는 사람에게는 제 모습을 드러내지 않는다. 진실을 볼 수 있는 눈과 마음을 가리는 것은 편견과 고정관념이다. 개인의 편견과 고정관념이 오랜 시간에 걸쳐 축적되어 사회적 통념으로 굳어졌을 때 희생당하는 것은 결국 우리들 자신인 것이다.

봄이를 둘러싼 이야기를 써 가는 동안 내 마음속에서 가해자와 피해자의 경계가 차츰 모호해져 갔던 것도 그런 이유에서였다. 진실을 말하고 있는데도 외모 때문에 아이들의 신뢰를 얻지 못하는 봄이나, 고정관념과 편견에 빠져 봄이를 무시하고 따돌리는 반 아이들이나 모두 사회가 만들어 놓은 통념의 덫에 갇힌 피해자로 여겨졌기 때문이다.

딸아이가 표지 그림에서 형상화한 봄이의 모습을 보면서 나는 구석기 시대의 이상적인 여성상이라는 뚱뚱한 모습의 '빌렌도르프의 비너스' 상을 떠올렸다. 이번 작품의 주된 제재 중의 하나였던 외모지상주의라는 통념을 진실의 힘으로 이겨 낸 봄이가 우리 사회의 다양함을 보여 주는 새로운 비너스가 될 수 있기를 빌어 본다. 아울러 이 작품을 읽는 독자들이, 내가 소설에서 그리고자 했던 봄이의 사랑스러움과 봄이의 친구들에 대한 연민에 공감했으면 좋겠다.

2010년 3월

이금이

줄을 끊고 나간 봄이처럼

체코의 수도 프라하에 갔을 때였다. 도시 곳곳에서 인형의 관절마다 줄을 매 조종하는 마리오네트를 볼 수 있었다. 나무 인형이 인형사의 손에 따라 유려하고 익살맞게 움직이는 게 신기하고 재미있어서 넋을 놓은 채 보곤 했다. 기념 삼아 작은 마리오네트도 하나 사 왔다.

이 소설을 처음 쓸 때 봄이가 살다 온 곳을 체코 프라하로 한 건 도시의 아름다운 정경이 마음속에 선명하게 남아 있었기 때문이다. 『유진과 유진』을 시작으로 한국 청소년의 '지금, 여기'에 관한 이야기를 쓰면서 쳇바퀴처럼 집, 학교, 학원이 반복되는 배경에 갑갑함을 느끼던 중이기도 했다. 청소년의 다른 삶을 상상하기 힘든 한국이라는 무대를 벗어나고 싶었다. 이국적인 풍광을 배경으로 봄이의 로맨스를 그리는 것만으로도 숨통이 조금이나마 트이는 기분이었다.

『우리 반 인터넷 소설가』가 출간된 지 12년 만에 개정 작업을 해서 새롭게 펴낸다. 본격적으로 내용을 살피기도 전에 새 표지엔 마리오네트와 연관된 이미지가 들어갔으면 좋겠다는 생각이 들었다. 처음 쓸 때는 스쳐 지나갔던 마리오네트가 어째서 뒤늦게 다가온 건지 의문이었다. 개정 작업을 시작하자 '프라하를 배경으로 삼은 게 이국적인 풍광 때문이기만 할까?' 라는 질문이 계속 머릿속을 맴돌았다.

그 이유에 대한 자문자답이 이어지면서 마리오네트의 의미가 보다 뚜렷해졌다. 20년 가까이 청소년 소설을 쓰면서 내 안에 축적된 우리나라 청소년들의 이미지였다. 그건 물론 그들 탓이 아니다.

어른들이 만들어 놓은 경쟁 체제와 성공 기준 아래에서 말 잘 듣는 아이가 되기를 강요받으며 자란 청소년들이 자기 인생의 주도성을 갖기란 쉽지 않다. 자기 자녀가 주도적인 삶을 살기를 바라더라도 모든 의사 결정을 아이에게 온전히 믿고 맡기는 부모는 드물다. 자기 주도성조차 이 사회의 굳어진 질서 안에서 발현되길 바라는 어른들이 있는 한 아이들은 마리오네트의 삶에서 벗어날 수 없을 것이다. 아이들에게 마리오네트의 삶을 강요하는 어른들 역시 크고 넓게 보면 고정관념이나 통념에 조종당하고 있는 존재들이다.

개정판 제목을 『마리오네트의 춤』으로 바꾼 이유는 독자에게 새롭게 다가가고 싶어서이기도 하지만 작품의 결, 또는 주제의 변화에 따른 결과임이 더 크다.

자신들과 다른 삶을 사는 봄이를 배제하고 혐오하는 아이들 또한 피해자라는 생각, 줄을 끊고 세상으로 나아간 봄이가 보다 자유롭고 행복하기를 바라는 마음은 여전하다. 이 책을 읽는 독자들과 그 마음을 함께하고 싶다.

2022년 가을

이금이

이금이 청소년문학

마리오네트의 춤

초판 1쇄 펴낸날 2010년 4월 10일
초판 7쇄 펴낸날 2018년 4월 20일
개정판 1쇄 펴낸날 2022년 10월 17일
개정판 2쇄 펴낸날 2023년 5월 31일

지은이 이금이
펴낸이 이어진
편 집 송지연
디자인 김선미

펴낸곳 밤티
등 록 2020년 5월 18일 제2020-000081호
주 소 04590 서울시 중구 다산로 156 부흥빌딩 2층 136호
전 화 02-2235-7893
팩 스 02-6902-0638
이메일 bamtee@bamtee.co.kr
홈페이지 www.bamtee.co.kr

ISBN 979-11-91826-19-7
979-11-971205-3-4 44810(세트)

• 이 책은 출판사 푸른책들에서 2010년에 출간한 『우리 반 인터넷 소설가』의 개정판입니다.